Colette Fellous

Aujourd'hui

Gallimard

Colette Fellous est née en Tunisie et vit à Paris depuis l'âge de dix-sept ans. Elle a publié une dizaine de romans dont *Rosa Gallica, Le petit casino, Amor, Avenue de France* et deux essais, l'un consacré aux *Frères et sœurs*, l'autre à *Guerlain*. Elle est également productrice de l'émission « Carnet nomade » sur France Culture et dirige la collection « Traits et portraits » au Mercure de France.

Paris, tout à l'heure, dans le métro, vers quatre heures et demie. Elle est montée à Couronnes en titubant de rire et c'était vraiment bizarre le bruit qu'elle faisait avec ce rire dans la bouche, très franc, très net, quelque chose d'abrupt, sans début ni fin. Nous, on n'arrivait qu'au milieu de son histoire, c'est ce qu'elle voulait montrer, c'est en tout cas ce que j'ai compris. Je veux dire que ce n'est pas simplement une fille qui est apparue, une fille grande et brune, ni très belle ni rien, non, c'est d'abord son rire qui est entré, tout seul, séparé du corps. Elle s'est agrippée à la barre comme s'il y avait eu tout à coup dans le wagon d'immenses vagues ou des virages extravagants, et bong, elle est tombée assise en face de moi.

Avec un mouvement de sourcils que je n'ai pas vraiment compris, pour s'excuser peut-être que le hasard ait fixé son histoire pile sur moi. Elle a calé son sac de gros cuir marron sur les genoux en le gardant à l'épaule, elle s'est assise à l'oblique et j'ai remarqué que la bandoulière du sac était beaucoup trop longue, je lui ai répondu en souriant, mais je crois que je n'ai pas caché ma tristesse dans ce sourire. Oui, je dois d'abord m'arrêter sur ce premier regard entre nous deux, elle me découvrant, et moi légèrement gênée. Tout était mat et grège dans ce métro, mais c'était clair pour tous : quelque chose d'inexplicable était arrivé, une trouée, un horizon. On ne savait pas encore si c'était à cause de sa présence, de ce long manteau bleu marine, de ces cheveux très noirs et très lisses ramassés sur la nuque. Tout était à la fois ordinaire et vacillant. Elle a ri encore. Et aussitôt elle a jeté ses yeux dans le vide. Fixes, déserts, très loin. C'est avec ce regard que je voudrais commencer mon livre, j'ai pensé. C'est exactement ça que je veux raconter, voilà, j'ai trouvé. Ce truc fixe qui tombe au milieu du rire.

Alors, j'ai décidé de lui parler. Je ne peux pas la laisser comme ça, je vais m'occuper d'elle, je veux comprendre ce qui se passe entre ce rire et ce regard. Il se cache certainement une scène

immense qu'elle ne peut pas quitter, une hor-
reur, une chose qui l'a rendue muette alors
qu'elle était en train de jouer ou de danser, oui,
c'est un moment d'enfant qui est resté intact et
qui s'est cassé brutalement, c'est ça qu'elle
répète j'en suis sûre, je veux qu'elle me raconte,
je ne peux pas faire comme tous ceux qui la laissent folle et qui déplacent leurs yeux ailleurs,
vers le reflet dans la vitre, vers la couleur du
siège, le nom des stations, les néons, non,
puisqu'elle est en face de moi, je n'ai plus à
hésiter, j'y vais. Il y a quelque chose qui vous fait
rire, j'ai demandé. Elle a dit non, c'est rien, je
pense à, non, non, et elle recommence à
exhiber son rire puis à se figer. J'insiste. Elle dit
non, c'est ma mère, je lui ai offert un cadeau et
elle m'a dit qu'elle était contente, alors ça
m'étonne un peu parce qu'elle, les cadeaux,
non, elle dit jamais rien, alors je pense qu'elle a
pas dit la vérité, mais c'est possible, parce que
franchement c'était un super cadeau. Ah bon,
et c'était quoi le cadeau, je demande. Elle me
fixe et m'explique. C'est une cage pour mettre
les œufs des poules, une cage comme ça, très
belle. Elle fait le dessin de la cage avec ses
mains. Je souris, avec l'air d'être à la fois sur-
prise et admirative, de trouver l'idée vraiment
originale. Elle explique que sa mère a des
poules, enfin, elle avait des poules, maintenant

j'en sais rien, peut-être que c'est fini, mais en tout cas avant, ça c'est sûr elle aimait les poules. Mon père, c'est autre chose, il est bestial, lui, il tue, il aime tuer. Elle me fixe pour voir si je comprends bien ce qu'elle veut dire. Je m'étonne : il tue, vraiment ? Oui, il tue les poules et après il les mange. Mais ma mère, elle veut pas voir et je crois qu'elle préférerait ne pas les manger. Je m'étonne encore. Sa voix devient alors plus menue : vous ressemblez à une femme que j'adorais, surtout là, autour des yeux, c'était une femme chez qui je travaillais, mais maintenant je ne sais plus où elle est, c'est fou les ressemblances. Elle baisse la tête pour cacher son rire dans les cheveux. Et de nouveau, elle jette ses yeux vers son point vide, on aurait cru qu'elle avait besoin de le retrouver pour respirer.

J'étais essoufflée, comme si j'avais couru avec elle le long de sa vie, dans les champs, derrière les hêtres et les moissonneuses-batteuses, avec la poussière des greniers et les corps en sueur dans les granges, il y avait du feu, du sang, des visages tendus d'hommes silencieux, je voyais des planches et des cageots qui brûlaient, je surprenais les petites pattes des taupes qui creusaient dans le jardin et les bourgeons du cerisier et son corps qui avait grandi en longeant le silence des étés, sa jupe qui était devenue trop courte, sa démarche trop raide et ce rire qui s'était collé à elle, mais que s'est-il passé exactement, j'avais envie de lui demander, et depuis quand ? On ne peut pas poser ces questions. Je regardais autour de moi, tous ces visages qui avaient eux aussi leurs secrets, leurs terreurs, leurs fougues, leurs scénarios inexpliqués, je ne pouvais pas les abandonner, je voulais tout comprendre, même si c'était impossible. Je m'essoufflais, il fallait vraiment que je me calme, j'ai dit bon, au revoir, je n'avais pas vu que c'était déjà Avron, je descends là. Elle m'a regardée cette fois comme si elle me reprochait de l'abandonner : après tout ça, vous me quittez ?

Près de nous, une très vieille femme qui avait gardé ses habits du Sud marocain nous souriait poliment, son visage était magnifiquement ridé, noble, elle se tenait bien droite, elle était calme. Je sentais qu'elle n'avait pas tout compris, elle voyait bien qu'il y avait de la folie dans tout ça, mais elle ne savait pas où elle se situait exactement, elle nous regardait l'une après l'autre et devait se dire que c'était peut-être parce qu'elle ne comprenait pas très bien le français qu'elle ne trouvait pas qui était la plus folle des deux. J'ai abandonné toute cette histoire de métro et je suis rentrée. La lumière se faufilait dans les arbres, la musique du manège, les vendeurs de livres anciens, les Pakistanais qui remuaient les marrons sur la cendre, la croix de la pharmacie qui clignotait en vert et bleu, tout était bien à sa place, oui, mais il fallait que je me calme. Dans le miroir de la salle de bains, j'ai posé mes questions, droit dans les yeux. À qui appartient ce visage ? Où habite-t-il ? Qui a fait ce jour ? Où est la frontière de leur vie et de la mienne ? Est-ce vrai qu'à mon âge, on a passé dix-sept ans à dormir ? J'ai commencé à multiplier, à diviser, à additionner, oui, c'était vrai, mais je n'avais plus de forces, plus de réponses, je suis allée vers la table jaune et j'ai commencé à écrire. J'avais envie de revoir mes dix-sept ans, juste le temps d'un livre. Je ne savais pas quelle route prendre.

Aujourd'hui, j'ai décidé de prendre le temps. J'ai tellement couru jusqu'ici. M'arrêter n'importe où et regarder, cela me suffira. Je n'ai plus envie de fuir. Je voudrais m'installer entre deux virgules et laisser venir. Les heures, les secondes, les villes, les traces de scarabée sur le sable de Soliman, les yeux des choses, le grain des tissus, je n'aurai même plus à les chercher, tout apparaîtra et se nommera, la chambre est déjà prête pour les accueillir, entrez entrez il y a encore de la place comme disait ma Béatrice. J'aime habiter dans sa voix, répéter ses mots, lui faire signe. Un seul geste, et tout se dépliera, avec du rouge, du vert, du jaune et du bleu pour mémoire. J'ai tellement couru jusqu'au jour d'ici je veux dire. Je me suis tellement sentie responsable de tout. Ma Béatrice, Bice pour les intimes. Ma mère. Plus d'imparfait, plus de passé, regarder les verbes dans leur présent quand ils tournent, jaillissent, se dispersent et disparaissent, éclaboussures du monde, vitesse des atomes, semences infinies, terrasses ouvertes sur le ciel, chansons des hirondelles. Les jours clignotent, me font signe. Ils m'appellent. Le bruit de celui-ci rôde encore près de ma table jaune. Des tirs de mortier sont lancés sur Bagdad dans le centre de la ville ce dimanche 6 avril 2003 et moi, je me baisse pour les éviter, j'ai mal partout, où se sont cachés les oiseaux ? Au même moment, à Bayonne, un homme a perdu le contrôle de sa voiture et s'est jeté contre un mur, je ne sais même pas conduire je n'ai pas pu l'aider j'aurais confondu le frein et l'accélérateur et ça aurait été pire, un deuxième cas de pneumopathie atypique a été décelé en France, deux mille deux cent vingt-quatre personnes sont contaminées dans le monde, je compte et recompte, je vois les chiffres proliférer et se mettre en boucle, les poumons s'infecter, les masques s'attacher aux visages, les explosions, je suis démunie devant une si grande vitesse et je remarque qu'à Longchamp, imperturbable, l'arrivée de la course clame un vrai quatre trois as, que celui qui a gagné se présente s'il vous plaît, quelqu'un a joué quelqu'un a gagné, les tribunes sont désertes c'est normal aujourd'hui le monde est à la guerre et moi, je le répète, je me sens responsable de tout, je n'en peux plus, j'ai mal aux yeux, je ne veux plus recevoir les choses en vrac comme ça, qui arrivent de partout, avec leur arrogance et leur colère, non, ce n'est plus possible, Béatrice, ma Bice, ma mère, approche-toi maintenant, aide-moi à voir plus clair, tu sais bien comme dans le chant de la cigale rien ne dit qu'elle est près de sa fin, reste là, bien contre moi, et prenons le temps ensemble.

Je viens de retrouver cette maison blanche où je vais pouvoir rester quelques jours. J'ai des provisions, du feu, de la musique. Elle est posée entre la mer et la forêt, le toit vient d'être refait, tout ici peut donc commencer. Je jette deux bûches de pommier dans le poêle et le mouvement reprend, presque au galop, flammes et secousses, étincelles et cantates à sept voix, bêtes invisibles qui trottent au grenier, flammes et tremblements, braises et cantates à treize voix. Dansons pour oublier, c'est le dernier jour des moissons, dit la chanson enfouie sous les bûches : la laisser venir elle aussi, ne rien écarter, non, non, je n'ai plus envie de fuir.

Dans le champ, le cerisier est toujours nu alors qu'à Kyoto les fleurs se sont ouvertes la semaine dernière. En vêtements de coton blanc les enfants ont chanté devant ces heures sacrées, les familles ont jeté la nappe sur l'herbe et ont commencé à déplier les paniers, les hommes ont sorti les bouteilles de bière. Je fais le tour du paysage. Les jonquilles, les camélias, le voyage des branches de la forêt venues jusqu'ici, le tas de bois, la table bleue qui est restée dehors tout l'hiver, la brouette abandonnée, un briquet sur le banc de pierre. Les feuilles de pissenlit dans le gravier, gros cœur jaune, le ciel plutôt gris, la barrière à réparer, les collines dans le fond, la maison du voisin qui grandit peu à peu, les ouvriers qui hurlent des mélopées turques face à la forêt en transportant des brouettes de sable, même les vaches sont ahuries, elles viennent tout près du tilleul et elles les regardent, immobiles, jamais entendu pareilles syllabes par ici. Les pousses de pivoines mesurent à peine trois centimètres, il faut écarter l'herbe pour les voir. La mésange vient de glisser dans la boîte aux lettres un bout de mousse argentée pour les derniers travaux de

19

son nid, son ventre abrite cinq œufs minuscules, Monteverdi nappe l'espace, je l'écoute
très très fort, cette musique me protège et j'ai
envie de l'annoncer aux flammes : vous savez
qu'Ulysse est de retour ? Deux bavures, dit la
voix à la radio, l'une au Kurdistan qui n'a tué
personne apparemment, juste une erreur de
tir, et une deuxième plus grave, deux avions
américains ont touché un convoi ami, dix à
douze corps sont tombés on voit encore des
jambes et des bras brûler, l'odeur de ferraille
inonde l'après-midi, seize morts et quarante-
cinq blessés, les Américains resteront sans
doute en Irak pendant six mois, l'odeur de
brûlé traverse les frontières, les tirs ne s'arrê-
teront pas, la voix est précipitée, haletante, de
la poussière noire dans la bouche. Dans
quelques heures, le musée de Bagdad sera
ouvert aux pilleurs, trois mille objets disparaî-
tront, le pont sur le Tigre en tremble déjà, la
mésange charbonnière sort du nid et se lance
vers les grands hêtres de la forêt de Lyons. J'ai
froid, je ne sais même plus regarder la cam-
pagne, asseyons-nous et laissons passer les
jours.

D'abord, défaire la valise rouge lentement, brancher le répondeur, recueillir chaque objet comme s'il était lui-même un jour, le caresser, lui faire retrouver son horizon, je ne suis pas pressée, la maison est claire, légère est la poussière sur le piano, elle vient à peine de se poser, on croirait qu'elle aussi a décidé de prendre le temps. Elle m'observe. Toi, tu travailles là-haut, tu t'absentes, tu n'apparaîtras pas de la journée. Dans la rue, les mots et les temps s'enlacent, les bourgeons, les pierres blanches, l'odeur du matin, le bruit des pilons un peu plus loin, les feuilles de menthe séchée qu'on effrite, les corps un à un qui s'inventent, les premiers pas, les images balbutiantes d'un rêve en rangs désordonnés, le mouvement grinçant d'une chaise qu'on sort à la terrasse du café. Fez, Paris, Livourne, Bordeaux, Lisbonne. Je crois que dans mon rêve cette nuit j'ai traversé ces villes et que j'y ai perdu mon visage, ah oui, ça me revient, je l'avais laissé devant la mer, immobile, fixant la couleur confuse des algues et je ne le reconnaissais plus, ma peau avait changé de couleur, il n'y avait que des rochers, des palais en ruine et les bretelles d'une robe en lin rouge posée sur le sable. Le visage avait été effacé. Il ne restait qu'une main détachée dans le ciel. J'étais très calme et tout autour de l'eau, circulait une odeur de naissance. Le bruit d'une respiration, le grain d'une serviette blanche, le monde était en travail. Tellement précise cette odeur qu'elle m'a réveillée : où je suis, quelle heure il est, quel jour ?

Devant le lit, la valise. Tissu rouge à gros grain, étiquette, nom, adresse, numéro de portable : c'est moi ça ? Deux mouches se disputent sur le miroir. Toutes les choses viennent dans la chambre signer leur apparition au singulier. Elles s'approchent et se présentent, je les laisse faire. Une écharpe orange, une carte postale du tableau de Carpaccio : le cabinet de saint Augustin. Une boîte d'allumettes de Kyoto, un vase, un carreau de faïence, un bout de géranium rosat. Une jupe noire à volants, une chanson japonaise sur un minuscule CD, un revolver, une peinture sur verre enveloppée dans du papier journal. Une chemise blanche sans col, un scarabée en porte-clef, une autre carte postale du même tableau de Carpaccio avec un gros plan sur le chien qui regarde Augustin. Une lettre à l'encre violette, une cigarette effritée, un couteau, une bague, une robe de mariée, celle de ma Béatrice, je l'emporte toujours dans mes bagages, son corps était si mince. Un objet, un jour, une vie. J'ai tellement couru. Jusqu'au jour d'ici. Je ne sais pas à quel moment précis j'ai commencé à courir comme ça, avec cette ardeur et cette indifférence enlacées, je ne vois rien qui ait pu déclencher cette vitesse, pas de menaces, pas de contraintes, pas même de pressentiments, non, non, surtout pas, à la mer les pressentiments : une envie simple et brutale qui a déboulé dans mon corps, une envie de jeter du désordre dans le temps, de brouiller les verbes, de multiplier les amours, d'aller voir derrière les pays, de déplacer les couleurs, de jeter mes yeux le plus loin possible, une envie de me brutaliser et me défaire de toute histoire, oui, de laisser circuler devant moi des mouvements, des rues, des voix, des mots étrangers, sans repos, jusqu'au vertige. Jusqu'à l'oubli, jusqu'à disparaître.

Je vais préparer du café, le loriot est revenu dans la haie de noisetiers, j'attrape le gobelet jaune que j'ai trouvé à La Bisbale. Quand je suis ici, il n'y a que dans ce truc que je peux boire du café, un avion frôle la forêt, les carreaux du salon tremblent. Je reconnais le tracteur de madame Odile derrière la ligne des hêtres. Et ce cercle que je tiens au bout des doigts, je ne peux plus le quitter, je grimpe, je saute, je glisse, je tombe, j'oublie et je recommence, c'est mon plaisir. Ma prison et ma joie. Chut. Mon nom est Fortuna. C'est aussi et surtout le nom de ma grand-mère, moi je ne l'utilise jamais, il reste en coulisses et me regarde danser. Fortuna, fortunae. Elle avait vingt ans en 1887. Sa maison donnait sur le

Souffle du Zéphyr, juste avant le pont, entre la gare de la Marsa et la route qui va vers Gammarth, cette maison blanche à deux étages que mon grand-père avait vendue au café Bondin. Elle est morte quand ma mère avait huit ans. Elle avait l'âge que j'ai aujourd'hui, devant cette table jaune. Elle aussi avait donc passé dix-sept ans à dormir. Morte en laissant neuf ou dix enfants, je ne sais jamais exactement, peut-être onze, ma mère était la petite dernière. J'habite dans tout ce qui tourne. Les cadrans, les tourbillons, les casinos, les arènes, les toupies, les chemins de nuit, les pupilles, les labyrinthes, les rosaces. J'ai tourné dans Sienne, Livourne, Carthage, Rome, Babylone et Venise. J'aime perdre l'équilibre, danser sur un pied, hurler des chansons idiotes, j'aime les voix cassées, les terrains vagues, l'odeur des Landes, les dunes de Gammarth, les passiflores, la forme de tes lèvres, le *Voyage d'hiver*, les petites haies sauvages du pays de Bray. J'aime l'excès, les fous rires, les défis, le prosecco, les peintures naïves. J'aime le samedi, l'eau de fleur d'oranger, les annonciations, la trace des gerboises dans le Sahara, j'aime être nue, rouler dans le sable jusqu'à la mer et paniquer quand je n'ai plus pied. J'aime être noyée et retrouver ma respiration au dernier moment, reconnaître dans le fond les silhouettes sur la plage, une couleur puis une autre puis une autre, la mer est tellement noire mais elle me protège et me conduit vers le sable, lente et maladroite ma nage, ça y est j'ai pied de nouveau, j'entre dans la musique. J'aime regarder passer les cargos au bout de la Salute et rêver que le temps est une hallucination. C'est pourtant lui que je tiens entre deux doigts et que je montre aux passants. Ce globe doré qui ne dort jamais. Je m'appelle Fortuna. J'aime ébouriffer une corde d'alfa avec ces mêmes doigts. J'aime disparaître dans le corps d'un homme, j'aime les figues noires, j'aime dire que le monde m'a été donné et que je dois le lire à toute vitesse. J'aime fixer les visages, surtout quand la malice surgit et danse dans les yeux c'est une forme de bonheur. J'aime les Zattere en toute saison et les grains de lin quand ils sont bien grillés. J'aime surtout les commencements.

J'ai mis tellement de secondes à oublier ce que j'ai vu, à faire comme si. Ce que j'ai vu a la mesure d'un seul jour. Mais j'ai dû embrasser vingt-sept siècles pour pouvoir le perdre.

Je m'explique. Je dois retrouver le tableau où j'habitais.

Le tableau d'un jour. Je le cherche partout, c'est pour ça que je guette aussi les rayons de lumière qui entrent dans le studiolo de saint

Augustin à Venise, c'est pour ça que je fixe les
yeux du chien. Je cherche aussi ailleurs, dans
d'autres tableaux que je ne peux pas nommer,
dans le dessin des rosaces, les nuances des
vitraux, dans les angles d'une chambre. Je cap-
ture les visages, les sourires, les hésitations, les
bruissements des yeux, je veux comprendre à
quel moment ça tourne, à quel moment ça
s'éclaire, à quel moment ça se révèle, à quel
moment ça se ferme et disparaît. Je scrute
l'ange de pierre quand il sourit, je dépose mes
questions sur le bord de ses lèvres.

Je dois surtout faire battre ces points brûlants qui se déplacent dans le ciel quand il est
onze heures du matin là-bas et que je suis une

enfant, ils traversent l'encadrement de la fenêtre, bois bouffi, peinture grise qui pèle, poignées de fer abîmé. J'ai poussé sur cette minuscule surface et j'ai accompagné l'usure du bois, j'ai traversé les saisons en le regardant vieillir. Là-bas, en Tunisie. Oui, c'est là que j'ai appris l'origine de la grêle et de l'orage. Persiennes fermées, colères dans le ciel, éclats derrière le mur de la chambre et délices de ma peur, proverbes en arabe dans la bouche sombre des parents, murmure du sorgho en train de cuire à feu si doux qu'il est au bord de s'éteindre, je longe seconde à seconde son frémissement, je cours alors vers mes rêves, ils s'impatientent déjà, nous nous embrassons.

C'est là que j'ai connu l'abandon, la fougue et le plaisir, oui, précisément là, entre mon lit et les rainures du monde. J'ai touché le silence et les grandes révélations, quand la nuit par exemple vous encercle et vous montre la mort posée sur votre respiration, elle grandit dans la chambre et se faufile sous les couvertures, tu vois c'est à toi, prends-la, touche-la, n'aie pas peur, viens plus près, habitue-toi à sa présence. Ou quand elle pointe l'absence de vos parents derrière le mur et qu'elle détourne la tête, ce soir ils sont à l'Alhambra revoir *Mother India* mais un jour, ils ne seront plus là du tout, habitue-toi aussi à leur absence, dors, suis tes rêves, fortifie-toi, invente-toi une musique. Conscience aiguë de ces apparitions et de ces dialogues silencieux. Je me lève, je cherche dans la penderie, je tâte la flanelle et l'odeur du tweed, je caresse les manteaux pour être sûre que les parents sont rentrés. On dirait que la nuit vous a toujours choisie pour déposer en vous sa lucidité et repartir lentement, sans se retourner. Comme une reine. La nuit sait parler aux enfants. Je veux surtout rejoindre tous ces moments éparpillés où quelque chose du monde m'a rendue muette. Ces moments de stupeur. Restés inexpliqués. Je veux aller vers eux. Regardez, mes doigts sont encore si petits qu'ils ne font pas la différence entre le ciel et la peau. Ils se brûlent à force de toucher les corps incandescents de la vérité. Je ne sais pas où commencent les choses, je ne sais pas où ma danse va m'emmener. J'ai huit ans mais dans la même seconde j'ai douze et seize et cinquante ans, le geste est identique, je pose ma main sur le ciel et je barbouille quelque chose dans ma bouche, sans ouvrir les lèvres, une prière silencieuse, un mariage avec tout ce qui est vivant et qui glisse sur l'écran du monde. Je laisse ma main sur ce qui brûle, j'y dépose une promesse. J'ai perdu mon visage je le sais, mais j'apprends à aimer, à dire vous aux choses, le ciel est mon amant, il ne quitte plus ma chambre. Ces grains de feu n'ont encore ni nom ni forme. Ce sont eux pourtant qui me manquent, je les baptise les pores du ciel.

Voici la scène quand elle a été jouée pour la première fois.

Il est merveilleusement onze heures du matin et la couleur est à nouveau installée dans l'encadrement de la fenêtre. Elle m'attire, je me jette vers elle sans réfléchir, c'est un miracle d'exister, je suis déjà prête à recommencer. Je n'appartiens à personne, juste exister. Je reconnais cette matière toujours nouvelle qui me traverse et me surprend, c'est bref et joyeux, c'est partout dans le corps et même dans la mémoire du corps. Ça ne meurt jamais je veux dire. Cent cinquante ans après ça reste scintillant et c'est tout neuf. Et surtout ça dit la vérité. Les pores du ciel sont mes épiphanies. On dit pourtant dans ma maison que c'est un péché de regarder le ciel aussi violemment car Dieu est immatériel, il ne peut ni être nommé ni habiter là-haut, il n'a pas de visage pas de corps pas d'odeur, il est bien plus grand que la lune, le soleil et l'imagination, il est partout, dans mes yeux et mes jambes comme à l'intérieur de mes cahiers ou dans la grande armoire de ma chambre. Il est blotti dans le ronronnement de nos chats, à l'intérieur des voyelles ou dans le livre de géographie, il est même au cœur de nos mensonges, nos colères et nos doutes. Il est tressé dans tout ce que je vois et tout ce qui fait les broussailles de ma pensée, il est celui qui a eu la délicatesse de s'absenter du monde. Il déteste entendre dire qu'on croit en lui, il est l'allié de ce que je ne sais pas prononcer, il aime mon silence, et comprend toutes les langues, même celles qui n'existent pas encore. Il est à la fois une espèce de double et d'étranger en moi. En cela, il me donne de l'espace, il me laisse vivre.

Calme-toi, je ne comprends plus, raconte plus précisément.

Alors, viens plus près et regarde. Voici un autre jour pour compléter la scène. Mais c'est juste un exemple.

C'est le début du mois de mai, dans l'après-midi, avant le 10. Je suis allongée sur le ventre, les yeux fermés, il fait chaud dans la chambre, les mouches se disputent encore et moi je paresse dans un rêve ordinaire, avec des couloirs, une rotonde de verre, des vagues qui cognent sur mes hanches et m'éclaboussent, je le connais si bien ce rêve, je m'y sens tellement à l'aise que je ne fais plus aucun effort pour le regarder. Je ne dors pas vraiment, disons que je flâne avec lui dans mes méninges. Les deux mains ramassées sur mon sexe, la tête sur le côté, la fenêtre ouverte sur ce même rectangle de ciel. C'est jeudi. J'ai dix-sept ans. On frappe à la porte. Des coups réguliers, insistants, je ne veux pas ouvrir, mais quelque chose

33

d'inédit apparaît. Dehors, on reconnaît Tunis capitale. Plus loin, après le pont de Carthage, il y a la côte du Sahel, les champs d'orangers, les oasis, les palmiers-dattiers, les gros pneus en caoutchouc abandonnés sur les trottoirs, les taches d'huile sur le goudron devant le garage. Les marabouts éparpillés dans l'île, le dessin de la coupole, les petites marches blanches. Puis Tripoli, Le Caire, le Sahara et encore par là-bas, le Niger, la Mauritanie, l'Inde, le Pakistan, tous ces pays en désordre que je devrais vraiment apprendre à ranger, mais pour le moment tout va bien, leur musique me suffit, je dis que j'ai le temps, les hirondelles accompagnent ma rêverie, il est trois heures et demie à peu près. Des coups sur la porte en bois d'acajou. De grands coups. Je reste immobile, le ventre tendu. Je n'ai pas bougé de ma maison depuis que je suis née. Le point le plus éloigné pour moi est situé à vingt-cinq kilomètres, sur la plage de Raouad, peut-être trente, disons que je n'ai pas franchi les trente-cinq kilomètres. Sauf un dimanche de mars où je suis allée déjeuner avec les parents à l'Hôtel de France d'Hammamet, l'endroit le plus élégant de la côte avec l'Hôtel Fourati. Argenterie, discrétion et pénombre de la salle à manger, orangers, mimosas et bougainvilliers dans le jardin, plage nue et mer d'huile de l'autre côté de la route, encadrements de bois bleu pour les portes et les fenêtres. Soixante kilomètres. La main de mon père est posée sur mon épaule. Je découvre la beauté d'un moment. Et surtout cette façon qu'avait le maître d'hôtel de servir le melon, en hors-d'œuvre et non en dessert, coupé en son milieu et non en tranches comme à la maison, ce qui m'avait d'un coup éblouie et rendue timide. C'était la première fois que je découvrais la France et ses manières. Ce dimanche, je portais ma robe de vichy blanc et bleu à très fines bretelles, avec un moulin brodé sur le côté gauche du volant qui était uni, bleu roi. Les ailes du moulin étaient rouges. Je voudrais aujourd'hui que tout s'immobilise, le visage si jeune des parents, le sable immaculé, légèrement ondulé, que je voyais par la fenêtre, la blancheur de la nappe, la robe en coton rouge de ma mère, les ailes du moulin, les poils sur les mains de mon père, l'éclat de l'argenterie, la volupté du melon. Je ne savais encore ni lire ni écrire, j'avais cinq ans je crois, j'ai poussé le bout de mes cheveux qui me frôlaient la bouche, j'ai fixé le melon, j'ai pris la cuillère en argent et j'ai commencé à creuser.

Hammamet, dimanche, Hôtel de France, 1955, midi trente-cinq. Mais ici, dans cet après-midi du mois de mai 1967, j'ai dix-sept ans et je suis seule dans la chambre des enfants, à plat ventre sur mon lit, le corps tendu, les yeux fermés, les deux mains toujours ramassées sur mon sexe. Ma mère aime l'appeler le fafou. Dans un mois, c'est le bac. On frappe à la porte. C'est un bruit précis et abstrait en même temps. Je sursaute, je m'agrippe à mon rêve et aux boules hérissées du mimosa. Je sais que je ne dors pas, la réalité est déchiquetée, trouée, à moitié vivante, je ne comprends pas d'où viennent ces coups, quelqu'un veut entrer, mais qui ? J'essaie de penser à autre chose, je répète que je devrais apprendre à ranger les pays, je reste immobile. De toute façon, je ne sais même pas regarder les cartes de géographie, je n'ordonne rien, je préfère engloutir tout ce que je vois et ne pas trier, je fais des provisions, on ne sait jamais, tout disparaîtra peut-être. J'ai inventé une technique pour m'extasier sur de minuscules détails, j'explique depuis que je suis toute petite que si je ne les regarde pas régulièrement ils perdront eux-mêmes le goût d'exister et finiront par vieillir et s'effacer. Mes frères m'appellent l'épicurienne, je hausse les épaules, je ne comprends pas le mot, c'est sûrement une méchanceté. Dehors, c'est vrai que tout est beauté et dénuement. J'aime tant ce pays. Je ne peux pas encore savoir qu'il ne sera qu'un pays de passage. Les acacias, les grains de mica qui brillent dans le sable, les enfants qui marchent pieds nus, la fougue des couleurs, le calme des feuilles d'eucalyptus qui bougent à peine à peine, les épines sur la route, les grosses bouées noires qui se balancent sur la mer, une barque renversée sur la plage, les bonnets de feutre rouge que portent les hommes à la terrasse des cafés, l'ardeur des visages, l'odeur du lac quand arrive le sirocco, la feuille de menthe alanguie dans le petit verre de thé rouge. Tout pourrait être identique ailleurs mais c'est ici que je découvre l'étonnement du monde, de la nature, des corps nus. Je suis née dans ces couleurs, je m'y sens bien, les mots circulent au présent et ils ont toutefois du travail à l'infini. Je les laisse entrer, ils s'agencent librement, j'aime leur nonchalance, j'apprends à les connaître, il faut du temps pour ça.

Bref, c'est le début du mois de mai, dans la chambre des enfants que je suis la dernière à habiter, je flâne dans ce sommeil de l'après-midi en révisant ma grammaire quotidienne, ma litanie : les fourmis géantes, les traces de scarabées sur la plage, les feuilles du figuier, les grandes bougies torsadées de la synagogue pour la fête des fleurs, les orangers du lycée, l'horizon sur la plage d'Amilcar, les petits tombeaux d'enfants près des thermes d'Antonin, et mon vélo parme qui court partout et commence à peiner sur la montée de Carthage. J'ai chaud, quelqu'un m'appelle encore, me fait signe, les branches d'eucalyptus me frôlent le visage, la terre est si lointaine, de la poussière sur la route, des voyageurs qui apparaissent tout au fond des siècles, soleil à rayures. Les coups à la porte deviennent immenses mais je ne peux plus du tout ouvrir les yeux, je suis glacée, peut-être morte je ne sais pas, je ne dors pas en tout cas, quelqu'un veut entrer, sa présence je la sens derrière la porte, de grands coups réguliers et détachés, mais aussi à l'intérieur de mon corps. Certitude de cette masse sans visage et sans voix. À un moment, je laisse entrer ce battement dans mes yeux dans mon ventre dans ma vie, j'offre tout ce que j'ai, je sens une puissance inédite dans mon immobilité, et ce sont alors des larmes qui me réveillent : mais pourquoi je pleure, qu'est-ce qui s'est passé, je n'avais jamais connu ce trouble.

C'était ma première fois. Dix-sept ans. Qui était là, près de moi, que je n'ai pas vu ? Était-il invisible ? Ai-je préféré l'oublier ? J'étais seule à la maison, la porte n'était peut-être pas fermée ? Le ciel maintenant dans la main et tout le corps tremblant, démuni. Avec quelque chose de plus grand que moi qui habite désormais en moi, que j'ai laissé entrer ce jour-là. Les mouches ont continué à zigzaguer dans la chambre. Elles ne se sont aperçues de rien. Je n'en ai jamais parlé à personne. C'est là que je suis devenue ce que je suis, c'est-à-dire respirant avec une langue et un corps en moi, tous deux étrangers, que j'ai immédiatement acceptés. J'étais en retard, j'ai pris une douche, j'ai couru, j'avais rendez-vous avec Monique et Geneviève. À cinq heures Chez les Nègres, sois bien à l'heure. Je suis arrivée en pleurant, vous ne pouvez pas comprendre, il m'est arrivé quelque chose mais je ne sais pas du tout comment dire, je ne sais pas.

Le ciel. Je n'ai jamais su prononcer son nom, mais peu à peu j'ai appris à y poser mes yeux, longtemps, sans effort, sans bouger les paupières, jusqu'aux larmes, jusqu'à peupler le calme. Le regarder, c'était déjà le nommer. De toute façon, je n'avais rien d'autre à faire que rester là, à la fenêtre et fixer le ciel.

C'était peut-être lui mon premier rendez-vous d'amour. Je n'ai pas eu à le chercher. Il était là, devant moi, entre les boiseries écaillées de la fenêtre et la buanderie des voisins. C'était aussi mon premier livre.

Je viens de préparer du thé vert, avec du pain plat et des amandes grillées, le plateau est sur le tapis d'Ouzbékistan, près de la fenêtre. J'hésite à m'arrêter sur le tapis ou sur les boiseries, j'attends que ce livre me conduise, surtout ne rien devancer. Le ciel est encore à la même place, assez loin, sans couleur véritable, mais d'une belle présence. La ville n'a plus besoin de dire son nom, elle est belle et lointaine elle aussi, vous pouvez vous servir, tout est chaud, je ne sais dire en quelle année nous sommes, ne posez donc pas de questions.

Je vis depuis toujours au deuxième étage de cet immeuble, les balcons en rotonde exhibent des fleurs stylisées de fer forgé et, dans l'avenue, on voit passer régulièrement des petites filles en chaussettes fluo, vert, orange, citron, c'est l'Afrique l'Italie et la France en une seule scène. Dehors les figuiers et les eucalyptus, dedans la voix de Dalida qui répète come prima tu me donnes tu me donnes tant de joie que personne ne m'en donne comme toi. Il y a cent deux ans qu'elles se promènent par ici ces petites filles et leurs

42

visages ressemblent à de la porcelaine. Elles ont une fois pour toutes sept huit ans. Bambino fait les cent pas sur la rambarde, il se dandine pour ne pas tomber et, dès qu'une mouche ou une hirondelle s'approche, il perd l'équilibre mais se rattrape toujours. Sa moustache commence à blanchir, il plisse les yeux pour me prouver sa tendresse, c'est sa manière de sourire, de me dire qu'il est là, mais très vite, il tourne la tête et regarde les passants, un à un. Quand je suis née, il avait déjà trois ans. Les petites filles s'arrêtent devant le balcon et commentent sa démarche, elles l'imitent et se tortillent en riant, Souad, Hédia, Nébila, Janet. Un homme en burnous rayé marron et noir les croise et leur caresse la joue en souriant, il lève aussi la tête vers Bambino, je lui fais signe, oui, c'est mon chat, il est premier danseur.

Dans la chambre, le lit est défait, il y a la trace de leurs corps, aux parents, et cette fatigue indéfinie qu'ils essaient de chasser, nuit à nuit, rêve à rêve, corps à corps, il faut fermer cette porte pour le moment, mais vous pourrez y entrer tout à l'heure. Elle, c'est ma Béatrice et lui, mon David Niven. La chambre est rose foncé. La radio est posée sur la commode, la Singer juste en face. Des napperons à broder, des écheveaux de gros coton, une bobine de fil doré. Dans le tiroir de la table de nuit, à côté d'une série de ventouses en verre, il y a une poire en caoutchouc, un tube de vaseline et un bassin en faïence blanche, je n'ai jamais vraiment cherché à savoir à quoi ils servaient, mais une question silencieuse m'habite encore : c'est peut-être avec ces instruments qu'on fabriquait l'amour et les enfants dans cette maison ? De toute façon, il était interdit de regarder dans ces parages, il ne fallait pas traîner, on prenait les choses au vol, quand on ne savait plus où était passée la boîte à couture, où étaient rangés les ciseaux à ongles et la pince à épiler, alors on ouvrait tout, très brutalement, la commode, l'armoire, les coffres, les tiroirs, on tombait sur ce gros tube en fer dégoulinant, repoussant, tout collant, et sur cette incompréhensible poire en caoutchouc, on levait les yeux au ciel et on chassait tout, mais non, c'est pas là, referme le tiroir, ne touche pas à ça, ces enfants sont des diables ce n'est plus possible pourquoi mais pourquoi pourquoi je les ai inventés, qu'est-ce que j'ai bien pu faire au ciel, je méritais tellement mieux vous savez, tellement tellement mieux, et ce n'est pas pour me vanter que je dis ça c'est pour montrer la vérité c'est tout. Et elle criait pleurait riait en même temps ma Béatrice, je ne sais pas comment elle s'y prenait pour contenir tous ces sentiments en une seule phrase, bon bon voilà je referme, ne pleure pas comme ça maman tu n'es plus un bébé, et nous avec nos petits corps bien musclés bien bronzés on s'énervait encore parce qu'on voyait bien que tout était déjà perdu et que dans cette maison c'était toujours pareil il n'y avait pas moyen de se retrouver ni de retrouver quoi que ce soit. On prenait des voix très aiguës pour le dire et on hurlait : d'ailleurs un jour on partirait et on inventerait sa propre vie loin de cette pagaille à six sous, on les laisserait complètement tranquilles nos parents puisque c'est ça qu'ils demandaient et qu'ils nous répétaient toute la journée, ils auraient enfin la paix et ils ne nous verraient plus jamais et tout le monde serait content, ce n'était pourtant pas si compliqué de remettre les choses à leur place, et surtout ce n'était quand même pas aux enfants de donner des leçons aux parents, non ? Alors on fouillait sous les lits et les matelas, dans les placards, entre les chemises, les mouchoirs, les piles de draps ou les combinaisons de soie et là, d'un coup, comme c'est bizarre, tout se calmait, on tombait sur l'odeur merveilleuse et on se taisait, on devenait très pâles, graves et respectueux, on devenait tellement polis, tant pis maman, on se coupera les ongles un autre jour, ne t'en fais pas, allez, ne fais pas cette tête, excuse-nous, tu sais bien qu'on restera toute la vie près de toi. Et on l'embrassait sur le front en fermant les yeux. Ce qu'on avait trouvé remplaçait tout. L'odeur est toujours là, intacte, sous mes doigts, une vraie musique. Au milieu du désordre, de la colère et de l'agacement, c'est cette odeur de soie rose très pâle qui traverse les jours et vient se poser sur ma joue. Ma Béatrice, enroulée tout entière dans cette seconde. Je ferme les yeux. La mémoire a le geste d'une prière. Je vois Bagdad et l'Euphrate, je vois les corps pulvérisés, les tortures et le feu, je vois Ramallah et les check-points, les explosions dans une boîte de nuit, un restaurant, un marché, les boulons qui déchirent les chairs, les portables qui sonnent dans le vide, les camps de réfugiés, les maisons en construction, je vois des couples se détruire, des assassinats, des abandons, des populations entières disparaître, des villes s'effondrer, des cerveaux se fermer, des murs se dresser à l'intérieur, et moi je ne fais que m'arrêter sur l'odeur d'une mère, je m'agrippe à elle et je ne tombe pas, elle me retient, c'est incroyable.

Sur cette même table de nuit, les jours de fête, elle préparait du caramel aux amandes, la recette était recopiée à l'encre violette dans son cahier de jeune fille, le nom de chaque gâteau tracé en belle écriture gothique, le mirliton, le pavé, la madeleine, le pain d'Espagne, le sablé à la confiture, les cigarettes russes et même des recettes en italien, mescolate con una forchetta bagnata per evitare che lo zucchero si attachi e quando poi ha acquistato un bel colore brunito versatelo su un piano di marmo bagnato. Et sur le marbre huilé, elle étalait méticuleusement le sucre brûlant devenu rouge foncé en chantant un truc des Chakachas ou de Tony Dallara, voilà les enfants, c'est pour vous, il faut découper il croccante en petits carrés maintenant, in strisce o rombi, prima che diventi freddo, perché poi sarebbe impossibile, venez m'aider les chéris, comme ça va être bon vous allez voir. Et nous, en petite troupe, nous l'entourions, tête baissée sur le marbre, en fixant les nuances brillantes du rouge et du marron, attention c'est très très chaud. Le

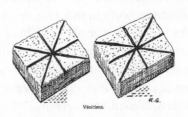

Vénitiens.

soleil à cette heure de l'après-midi arrivait jusqu'au bord du lit, comme un prince, il se posait sur le centre de l'édredon pourpre puis s'arrêtait, presque stupéfait de ce qu'il découvrait. Un meuble, une vie, une femme. Il regardait tout, il questionnait. Un jour elle veut mourir, un jour elle fait la fête et prépare de la nougatine, un jour elle ferme les persiennes alors que je viens la saluer, mais qui est donc cette femme, et comment battent-ils ensemble les cœurs dans cette maison ? La poussière, très légère, l'accompagnait, l'auréolait, lui faisait des courbettes et des arabesques, oui, oui, c'est vrai, tu as raison, c'est bizarre, comment battent-ils ensemble les cœurs dans cette maison ? On comprenait vite, en les voyant surgir tous les deux dans la chambre, que le métier de la poussière était toujours de souligner les mots, les présences, les objets, au cas où on ne les aurait pas remarqués, ou même au cas où on les aurait oubliés à force de les côtoyer. Je la regardais lentement, cette poussière. Elle faisait tout vivre en double. Il y avait la forme du piano et il y avait son corps à elle, qui s'amusait et nous narguait, un simple souffle et elle s'en allait : hautaine mais jamais rancunière, elle savait qu'elle reviendrait très vite, sans avoir à demander la permission, elle entrerait et poserait son inlassable question, bonjour, comment

vont les choses par ici, quoi de neuf depuis
hier ?

Dans le tiroir, ma mère avait aussi ras-
semblé tous ses fétiches, les cigarettes Laurens, la boîte jaune des Chiclets que j'ai
retrouvée l'an dernier dans les cafés de Lisbonne, le porte-bonheur de satin avec les
lettres sacrées qu'on ne voyait jamais, les fla-
cons de Nozinan et de Tofranil : la couleur de
leur verre fumé me fait encore grelotter
aujourd'hui. Et dans les bons jours, sur ce
même marbre, il y avait en vrac *Ciné-revue*,
Boléro, *L'étranger*, *Le blé en herbe*, *Les frères Kara-
mazov*, un bouquet d'œillets, un paquet de
puits d'amour et de canards fourrés à la
crème pâtissière signés La Parisienne,
Quelques Fleurs d'Houbigant, un vernis à
ongles rouge profond, des rouleaux bleus et
roses pour la mise en plis, un filet à résilles, un
lacet de velours noir, un crayon Baignols et
Farjon, un petit agenda de cuir vert avec un
fermoir doré. Le périmètre de sa vie était là,
tracé entre le grand miroir de l'armoire, le fer
forgé du balcon, le lit et cette table de nuit.
Avec *L'amant de lady Chatterley*, glissé sous
l'oreiller, qui dépassait. Les rubans de satin,
en écossais bleu, rouge et vert, pour nouer
mes tresses. Les jours sur les draps de lin. Ma

Béatrice ne sortait jamais. Je ne sais pas si cette décision a été prise d'un coup ou si c'est venu peu à peu. C'est moi qui devais lui décrire ce qu'elle ne voyait pas. J'étais son messager. Je lui racontais la ville et le lycée, je restais aux séances permanentes de *Tous en scène*, *Vera Cruz* et *Mangala fille des Indes*, je regardais pour deux, je ne devais rien oublier, j'allais chercher les livres qu'elle commandait chez Saliba, je lui faisais essayer trois paires de mules que voulait bien me prêter Fiorentino : c'est pour ma mère vous savez elle ne peut pas sortir en ce moment mais je vous les rapporterai demain c'est promis, elle a les pieds déformés, tous les modèles ne lui vont pas mais je pense qu'avec ce choix, ça ira. Je souriais, mais mes lèvres, sur les côtés, avaient envie de dégringoler, je disais que j'étais pressée, je fuyais avant de finir mes phrases, on pensait que j'étais timide alors que j'avais mal à ma mère. J'allais lui chercher des dragées aux pistaches chez Printania, des cannoli et des pains au lait fourrés de jambon et de rondelles de cornichons chez Collini. Du Saltrate Rodell pour ses bains de pied chez Ernest le pharmacien, et des pastilles Pulmoll, et des boules de gomme à la violette, les plus grosses ma chérie, et de l'eau de roses bien sûr. Je la consolais, bientôt tu vas guérir, bientôt tu vas chasser ces images noires, regarde comme il fait beau dehors, le soleil t'attend, demain on sort ensemble, on ira d'abord à L'Écran voir un film égyptien si tu veux, on prendra un fiacre jusqu'au Belvédère pour rester un moment près des cygnes et au retour, on passera chez Paparone pour s'offrir une cassate ? Son sourire, immobile, lointain, inatteignable. Mais quelle musique pourrait entrer dans la chambre pour accompagner ce regard fixe qui me répondait toujours en silence ? Je ne saurais pas le décrire tant il m'a accompagnée et intriguée, il ressemble à l'offrande musicale de Bach, ou à la voix de Catarina Valente quand elle disait très lentement et d'une note profonde où es-tu ma joie où es-tu toi qui seras, quand elle descendait dans les souterrains pour finir ses phrases avant de tracer une arabesque vers une note très très aiguë. Le regard de ma mère ressemble aussi à ce chant soufi de M'hamed, à Tanger, dans le salon aux mosaïques de l'Hôtel Continental, quand il fait un peu froid dehors et que l'humidité rôde partout. C'est le mouvement qui compte à chaque fois, le bruit de l'étoffe musicale je veux dire, quand il entre dans la chambre et se pose sur nous. La voix de M'hamed a dix-sept ans, mais elle contient déjà l'histoire de tant de visages éparpillés dans le monde, elle a la matière d'un tissu qui se déplie et recouvre les plaines, les villes, les déserts, les terres sans nom, les champs d'orangers qui défilent dans la poussière, avec le goudron des petites routes qui a l'air de fondre. Une arcade de palmes, une chambre en terre battue, des fourmis géantes qui se disputent un corps de scarabée, une flaque d'eau croupie, un morceau de mica qui brille dans le sable blanc, un gros pneu abandonné dans un champ brûlé, le corps d'un chien mort dans le fossé, le soleil qui frôle les remparts, une femme assise sur une natte, elle vend des œufs et des herbes de la montagne. Là encore, le ciel est au bord de la voix. Le tambourin effleure la joue de M'hamed quand il chante, et lentement, avec la main, il accompagne la mélodie, il ferme les yeux, il serre les sourcils. Le tambourin a la forme d'une lune, quand elle est parfaite. Son grand frère est au luth. En bas, de gros camions de glace ronflent jour et nuit, mais je me suis habituée à ce bruit, il se confond avec les sirènes, les muezzins, les jeux des gamins dans la ruelle, la voix des femmes qui étendent le linge de l'autre côté. Je les vois marcher sur la terrasse et derrière elles, les couleurs de Tanger, très loin. Par la fenêtre de la salle de bains, je suis tous leurs gestes quand elles préparent du pain aux graines d'anis, quand elles tournent la semoule, qu'elles humectent la pâte. Je ne vois souvent que des mains ou un dos. La couleur de la table, du rideau. Elles s'épilent les jambes avec du sucre caramélisé, elles passent le chiffon sur les meubles en chantant, elles nettoient les yeux des enfants, elles jettent de l'eau fraîche sur les dalles. À chaque ouverture de la prière, se déclenche immédiatement une corne de bateau, qui prolonge l'appel, qui agrandit l'espace, qui tend un fil vers le monde. Ma chambre protège les voix du dehors, elle les tamise, les honore, les range pour des siècles et des siècles. C'est la chambre 368, avec des meubles espagnols, une grande armoire, une cheminée et des volets verts. Je marche pieds nus dans toutes les chambres du monde, je prends le temps, je n'ai plus envie de fuir, je veux que tout cela ne forme plus qu'un seul jour. Comme un drap de lin qui se déplierait sur les années. Les dalles sont si fraîches partout, je les reconnais toutes. Le pied nu sur ces dalles, la cambrure, les ongles. Les chambres peuvent entrer et se nommer à tout moment, je les laisserai faire. Elles savent dessiner la forme d'un jour. Lisbonne, Oaxaca, Carthage, Les Livrées, Florence, Jérusalem, Naples, Cracovie, Boukhara,

Gammarth, Mahdia, Berlin. Roma, chambre 608, avec la grande baie qui donne sur la Villa Borghese. Elles ont toutes gardé la même couleur, la même respiration.

Ici, dans cet autre jour, quand on s'approche, on remarque aussitôt que c'est bientôt l'heure de la fête. Les bouquets et les colliers de jasmin sont rangés dans le grand panier près de l'entrée, servez-vous dit une femme, les musiciens ne vont pas tarder à arriver, installez-vous sur la terrasse. On reconnaît la voix de Suzanne Djebali et au fond, la baie de Sidi-Bou-Saïd, les lumières du port, un paquebot arrêté au milieu de la mer. On entre, on s'assoit par terre, la beauté habite tous les visages, on est en juillet 1968. Vendredi soir. Les musiciens lancent les premiers accords de *Chouchana*. La fête commence à minuit et durera jusqu'au matin, ça y est, tout le monde est là, Brahim, Khelil, Khaled, Tania, Boubacar, Pierrot, François, Renée, Chouchen, qui veut des figues de Barbarie qui veut du thé qui veut de la verveine citron qui veut un narguilé ? Chouchen passe entre nous, prend des photos avec son polaroid, court les développer dans sa petite chambre basse, près de l'Hôtel du Figuier, il nous les vendra demain vers six heures quand on se retrouvera sur les marches du café, avec encore sur nous l'odeur de la plage. On m'appelle Thibar parce que j'adore la liqueur rouge de Thibarine. Je me sers, je prends un collier de jasmin qui commence déjà à sentir le lendemain, le bout des feuilles est légèrement doré, déjà presque déchiré. Je regarde tout en silence, je souris, je n'arrive pas encore à parler, j'ai besoin d'abord de retrouver ce qui m'a toujours manqué. Dehors, une odeur de fleurs d'oranger, de beignets du soir, de nougats au sésame, de gâteaux à la rose, d'huile solaire. La chaux sur les murs des maisons s'en va par plaques. Le cimetière a la plus belle vue sur la mer. Les étés sont toujours neufs. Vers six heures du soir, monsieur Michel apparaît derrière les bougainvilliers, avec sa grande robe blanche et un petit jasmin à l'oreille, il entre au cœur du village comme un prince, on reconnaît aussi, près de lui, Karhla et Taoufik, dans leur splendeur. Ils ont dix ou douze ans.

56

Taoufik vend les petits pains plats qu'a préparés sa mère, il ouvre son panier, il soulève le linge blanc, les pains sont encore chauds, il sourit en baissant la tête.

Je sais que je confonds les villes et les années pour voir plus clair, car c'est le temps que je veux toucher. Poser la main sur des moments brûlants. Devant la table, j'ai réuni trois bougies. La rouge, je l'ai achetée au début de l'hiver 2003 à Tallinn, dans la rue Vele, chez une dame qui m'a demandé si j'avais pris l'avion pour venir jusqu'ici et de quel pays j'étais et si c'était loin la France et si l'Estonie me plaisait vraiment et qu'est-ce que je trouvais de beau dans son pays, est-ce que je pouvais le lui dire exactement parce qu'elle était tellement habituée à sa ville qu'elle ne la voyait plus, je demande ça parce que je sais que bientôt mon pays va se rapprocher du vôtre, alors voilà je commence. Elle porte un gilet noir à torsades blanches et rouges. Elle sourit en me voyant hésiter devant les bougies, elle ne comprend pas ce que je cherche dans son magasin, elle attend que je réponde. Dehors il neige, et au bout de la rue, dans une salle de l'école, un orchestre répète, les chanteurs sont debout, ils chantent en chœur, une femme les rejoint, elle est en retard, elle s'excuse en riant et se faufile dans le chant, la rue est déserte, un homme racle la neige devant une porte. La bougie blanche, je l'ai trouvée à La Feuillie, chez la marchande de chaussures qui fait aussi bazar et jouets. Par la vitrine on pouvait suivre les travaux de restauration du clocher de l'église qui s'était envolé avec les grandes tempêtes, maintenant c'est fini tout est réparé, un clocher de je ne sais plus combien de mètres, tout en ardoises, une église du XVIIᵉ siècle, mais qui n'est pas encore classée. M. Ménage dit que La Feuillie attend depuis six ans le résultat du classement. La plus petite bougie sent la lavande, je ne l'allume pas tous les jours, elle me donne mal au cœur, je ne sais plus si je l'ai achetée au marché du lundi à Buchy ou si quelqu'un me l'a offerte. Je les regarde s'élancer. Une flamme plus une flamme plus une flamme. D'ici, je vois aussi bouger les jours, un à un, ils forment un jeu de cartes. Les grands jours et les minuscules, les jours boiteux et les jours solaires, les jours invisibles et les jours princiers, les jours danseurs, les jours ensommeillés, les jours interrogateurs, les jours complètement perdus. J'aime jouer avec eux, les retrouver, inconnus, graves, silencieux, comiques, les travestir, les draper, les éclairer, les rendre charnels, tremblants, incertains. J'aime les sentir bouger sous les doigts mais j'aime aussi les éloigner, les chasser, les maltraiter, les tuer. Je ne reconnais pas toujours les couleurs ni les formes, je veux dire que je ne les comprends pas entièrement, mais j'ai tellement aimé me perdre en eux, renverser la tête en arrière, me jeter dans le vide, et courir, courir, courir. Ils ne forment plus qu'un seul corps, oui, voilà pourquoi je dois encore courir vers eux, ces jours d'ici. Et m'en faire un vêtement. Oui, un vêtement tissé de jours, que je voudrais porter au moment où je m'absenterai. Un vêtement invisible qui accompagnerait cette disparition. Il faut faire vite, je le sais. Au bout de mon souffle, il y a la silhouette d'un amour qui attend, qui regarde lentement lui aussi. Il n'a pas d'âge dans ces secondes rouges. Je ne connais même pas son nom. C'est à lui pourtant que je m'adresse, puisqu'aujourd'hui je le répète j'ai décidé de.

Il est temps de flâner dans cette vie, dans le
peu que je sais d'elle, et de ramasser ce que
j'ai vu. C'est par exemple très facile de voir
apparaître la lumière de ce lundi, quand ma
mère crie qu'il faut fermer les persiennes et
qu'il faut faire très très vite, que dehors c'est
la folie, elle n'a jamais vu ça, c'est la première
fois, il ne faut pas se montrer au balcon,
cachez-vous je vous dis. Elle parle à mon père
et à moi. Faites rentrer Catia et Bambino
aussi, on ne sait jamais, il peut y avoir des
coups de feu. C'est très facile de convoquer ce
jour-là parce que le bruit de ces secondes je le
vois courir encore sur ma peau, tellement
vives, tellement brûlantes, comme brûlées
d'hébétude. Je les ai laissées battre en sour-

dine, mais elles sont restées intactes, dans la forme exacte de leur apparition. Elles m'ont accompagnée à bas bruit, discrètement, sans rien demander d'autre que d'être là, dans mon corps, à leur juste place. Chez elles. Et si je voulais les revoir, bien sûr qu'elles se mettraient à danser et à raconter, rien de plus simple, le temps c'est fait pour ça, répètent-elles. Et le corps aussi. Secondes très patientes. C'est un roman découpé dans cette patience que je dois suivre aujourd'hui.

Il est presque onze heures du matin, c'est le mois de juin, j'ai dix-sept ans et trois mois. Après-demain c'est le bac, il me reste encore à réviser Lautréamont, Spinoza, Nietzsche, et un peu de physique. Avec mes craies de couleur justement je suis en train de travailler des équations sur le tableau vert que mon père a installé derrière la porte. La maison n'est pas grande mais, par chance, cette année je suis seule dans cette chambre qui donne sur un rectangle de bleu et sur trois buanderies de bois écaillé, alignées sur la terrasse, qui frôlent le ciel. Régulièrement, de grands traits d'hirondelles qui ne durent que quelques secondes, juste le temps de lever la tête et de les attraper des yeux. Le mur d'en face est lézardé : quand je le regarde j'ai honte d'être là, quelque chose me fait pitié, je crois que c'est l'odeur des chats qui traîne partout ou la lumière jaune de l'escalier qui s'allume et s'éteint à travers les vitres opaques de chaque étage. Ce sont des écrans abandonnés. Personne pour raconter l'histoire de ces gens qui montent, descendent, pleurent, sifflotent, courent, vieillissent.

Une silhouette parfois, un dos voûté, une masse de cheveux qui cachent le profil d'un enfant. De l'autre côté, Mme Pariente fait la vaisselle, je ne la vois pas entièrement parce que c'est un autre immeuble, j'entends l'eau, les casseroles, le frottement de l'alfa sur les assiettes, un bruit circulaire. En bas, Margot arrose sa collection de plantes et Mme Sroussi empile des chaises dans un coin de la cour. Deux rectangles si différents, l'un exagéré-ment ordonné, l'autre presque abandonné. Juste en face, on dit que Nicole est une fille adoptive, sa fenêtre est presque toujours fermée. Je me demande si mes parents ne m'ont pas adoptée moi aussi, je suis peut-être une Indienne, je trouve que je ressemble vrai-ment à la petite fille de Mother India. Voici donc ma chambre. Les quatre frères sont déjà en France et je peux danser, être nue, manger des boules de gomme, lire à voix haute « El Desdichado » ou « L'invitation au voyage », travailler dans la nuit sans gêner personne, écouter Billie Holiday, converser avec Bam-bino, découvrir la majesté de la solitude, rêver aux baisers de To, à son odeur de menthe, à la mélancolie magique de ses yeux, réviser mes enchaînements de danse pour le Ballet des trois roses dans le spectacle de Debolska et Foutline, mes maîtres russes. Oui, régulière-ment, je regarde par la fenêtre et j'appelle des figures de danse, je retrouve les accords et les rythmes, la vitesse du piano. Au cours de danse, quand il est l'heure de faire une diago-nale de déboulés, M. Foutline reste au clavier, la tête tournée vers nous et Mme Debolska

allume les yeux du grand bouddha d'ébène
près du miroir : ses pupilles brillent de sang
vif et je reconnais l'accent de Mme Debolska
qui demande de bien fixer ses yeux pour
garder la direction, sinon il se mettra très en
colère : elle parle fort quand on tourne, de
plus en plus fort, pour accompagner notre
élan. La peur de ce corps d'ébène nous for-
tifie. Au mur, il y a les photos de Russie,
quand ils avaient vingt ans et qu'ils dansaient
ensemble, M. Foutline prend Mme Debolska
par la taille et elle, elle offre la plus belle arabesque. Allez, regarde le bouddha, vas-y, c'est
à toi de danser. Je souris pour masquer ma
peur, je dis d'accord j'ai compris, j'y vais, je
respire fort, je serre les muscles et je me
lance : je tourne tourne tourne et me donne
entièrement aux yeux du bouddha. Valse
brillante, dit le piano. Mais c'est surtout le
mystère de la scène du théâtre municipal qui
m'hypnotise. J'aime la résine, les grosses
cordes, la pénombre, le plancher, les trappes,
les toiles de fond qui servent à tous les
spectacles : un jardin, l'escalier d'un château,
une forêt, un lac. J'aime surtout les répéti-
tions, les vieux collants, les chaussons usés,
bien cambrés, les lacets de satin terni, chif-
fonnés. Je recommence sans jamais me lasser.
Les cissonnes, les fouettés, les cabrioles, les

pas-de-bourrés jetés et les entrechats six. Il faut arriver à ce que la chose la plus difficile soit simple à faire, répète Mme Debolska. Personne ne doit deviner l'effort qu'il t'a fallu pour obtenir cette simplicité. J'aime l'odeur qui traîne dans tout le théâtre, celle des costumes et des volants, du velours frappé, du tulle, du chausson, de la sueur mêlée à la poudre libre, j'aime la voix de Mme Debolska et ses cheveux blonds ramassés en chignon, j'aime le grand escalier qui mène aux loges, la rampe en fer forgé, le bruit de l'avenue qui entre, bien tamisé, le burnous du gardien qui nous accueille à l'entrée des artistes, son sourire, la bonté de ses yeux. Je dis que dans ce théâtre, c'est là mon vrai pays. Je m'amuse même à faire le garçon et à inventer des figures nouvelles, réservées aux danseurs, sauts de biche ou manèges pour la danse du feu, grands développés pour le marché persan. L'espace entre la danse et mes livres me rend joyeuse. Il déplace la vraie tristesse, que je préfère ne pas exhiber. Il déplace la mélancolie insistante de ma mère, contre laquelle je me sens démunie. Sur les murs, j'ai installé toute une population d'images, de mots, de dessins, c'est ma nouvelle famille. Je l'ai choisie. J'ai aussi encadré, près des photos de Nijinsky et de Ludmilla Tcherina, ces phrases de saint

Augustin et de Rilke que je pourrais peut-être utiliser dans des sujets différents : « Dieu qu'on connaît mieux en ne le connaissant pas » ou « Pour l'essentiel, nous sommes indiciblement seuls ».

De toute façon, si j'ai le bac, j'irai en France vivre seule et je serai encore plus libre, je rejoindrai les frères à Paris, ce sera la fête permanente : la Seine, la Sorbonne, les cafés de Montparnasse et les grands magasins, l'amour, la poésie, les cinémas, les nuits blanches et l'Hôtel des Grands Hommes, vivre dangereusement c'est ma devise, *Nadja* mon livre sacré, *Pierrot le fou* ma conscience de la liberté. Je m'enroule dans des foulards pailletés, je fais la star devant le miroir, je me regarde droit dans les yeux et je chuchote : alors, rendez-vous l'an prochain à Paris, chiche ? Je suis la dernière de la famille à partir et c'est tellement grisant. Je saluerai cette chambre pour la dernière fois, le fauteuil-lit en skaï, l'armoire de chêne clair, les rosaces du sol, la poignée de la fenêtre, le vase en opaline, les haltères de mon frère qui traînent sous le lit, les autres citations que j'ai recopiées au fusain sur le mur de gauche, Platon, Nietzsche, Valéry, Ronsard. Mais je ne serai pas triste du tout puisque la vraie vie est en France, tout le monde le dit, allez, au revoir petite maison, ciao Tunis, tu n'étais qu'une répétition, maintenant les trois coups sonnent dans mon corps et le rideau va s'ouvrir sur la vérité : direction le pays de ma langue maternelle. Un dernier regard sur le mur de ma chambre avant de refermer la porte : « Je ne saurais croire qu'en un dieu qui saurait danser. » Ne pas prendre les clefs. Partir sans bagages et tout improviser en arrivant. Je mets de la musique marrante pour accompagner ma fête, *Pepito mi corazón*. Je crois bêtement que je serai toute seule à faire ce voyage mais en fait je partirai avec vingt siècles sous la peau et une flopée de langues clandestines et de grammaires bigarrées qui se sont logées dans mes yeux, mais ça je ne le sais que depuis aujourd'hui. La vérité habite toujours dans un corps, c'est-à-dire dans un lieu et dans un temps.

Onze heures du matin, donc, dix-sept ans et trois mois. Je convoque l'odeur de la maison. Les chats qui courent et qui questionnent, les mosaïques encore humides, les *Joueurs de cartes* de Cézanne dans l'entrée, la table en fer forgé avec ses pieds arqués, la minuscule cuisine où trempent des févettes et des pois chiches dans une bassine de plastique rouge, l'assiette de poisson bouilli pour les chats, le bol de lait à côté, le piqué de coton blanc sur mon lit qui remplace la couverture de mohair rouge d'hiver. Je reconnais soudain la voix très claire de ma Béatrice. Et sur son visage cette inquiétude nouvelle, inédite : vite, fermez les persiennes, je vous répète qu'il y a des cris dans la rue et que c'est la guerre là-bas, cachez-vous, ne vous montrez surtout pas au balcon et toi, reste là, ne bouge pas. Elle prend ma main et je sens de minuscules mouvements dans nos paumes. Reste avec moi, elle veut préciser. Dans toute la ville, le même geste, ne plus bouger, fermer tout, rester à l'intérieur, découvrir la peur. Gavotte, c'est le nom du poste de radio qui vient d'annoncer la guerre. C'est le seul objet que j'ai gardé de cette maison de Tunisie. Mon père l'avait acheté rue d'Italie, on l'avait même inauguré le premier soir en écoutant « Les maîtres du mystère » et en grignotant des pistaches grillées et des boules au miel, les yeux fixés sur le haut-parleur comme si c'était la scène du théâtre municipal. En bois d'acajou, avec des boutons de nacre et d'autres plus petits, bien dorés, bien mouvants sous les doigts, qui font déplacer les pays en quelques miettes de secondes. Gavotte parle, renseigne, divertit et alerte, elle est ma meilleure amie. Elle le restera toujours. Aujourd'hui, dans cette édition spéciale, les voix viennent de France et disent que c'est la guerre au Proche-Orient, elles ne savent pas que déjà dans l'avenue d'ici, dans l'avenue dite de la Liberté, juste au moment où nous les entendons entrer dans la chambre des parents, une foule s'est formée. Les hommes sont venus de partout, des banlieues, de la médina, de l'Université, ils crient qu'Allah est grand et que les juifs doivent mourir, ils agitent des drapeaux et des foulards, ils sont de plus en plus nombreux, ils courent et la colère les unit, les cris entrent dans la maison et touchent nos yeux, nos corps, nos fronts, ils touchent le rose foncé sur les murs de la chambre des parents. Et cette griffe de Bambino, creusée dans la peinture tout en haut, un soir où le bruit du sèche-cheveux l'avait tellement effrayé qu'il aurait traversé le plafond, oui, cette griffe qui appartient à la chambre rose des parents et que j'ai tant de fois regardée me paraît tout d'un coup si ridicule. Bambino se cache sous le lit, il n'a jamais vu tant de gens dans la rue, mais il remarque aussi l'inquiétude sur chacun de nos visages. Il disparaît jusqu'au soir. Juste la queue ébouriffée qui dépasse. Mais où est passée Catia, répète ma mère, va la chercher, elle est peut-être restée dehors, rentre aussi la tortue. Les hommes lèvent la tête vers nos fenêtres et menacent, ils font signe qu'ils vont nous égorger, c'est le mois de juin, jour numéro 5, lundi matin, année 1967.

Mercredi je passe le bac au lycée Carnot, les sujets sont déjà prêts, « Tout mal a-t-il son remède ? » en philo et « La littérature est-elle un art ou une arme ? » en français, mais je ne

les connais pas encore. Au bord de cette scène
qui a surgi ce lundi matin, je veux dire
quelques minutes avant, je suis toujours derrière la porte de ma chambre devant le
tableau vert, je n'ai pas encore fini la physique, je rêve un peu, un morceau de craie à la
main. Je voudrais m'arrêter sur ce moment
qui a précédé les émeutes. Sur cette minuscule frontière. Je reprends donc. J'aime le
calme et la lumière de cette matinée de début
d'été, je dis que je voudrais avoir dix-sept ans
pour toujours. Les canaris me regardent avec
leur œil penché, ils sautillent et questionnent
l'espace eux aussi, on dirait qu'ils miaulent.
Mais comment faire avec toutes ces notes sur
Spinoza, Lautréamont et saint Augustin ?
Tant pis, je n'ai plus le temps de les relire, je
me débrouillerai avec ce que je sais, demain je
reprendrai quand même le chapitre sur la res-

ponsabilité. Après le cours de danse peut-être. Ou alors j'oublierai tout. On dit que les choses reviennent au moment de l'examen, faisons confiance au hasard, levons les yeux vers le bleu clair là-bas, « soyons à nous-mêmes notre propre loi », « efforçons-nous à chaque heure de nous dépouiller ». Je répète en boucle des citations qui pourraient me servir, des équations, des dates, des théorèmes, des formules de chimie, je mélange tout, et puis de toute façon, je sais que l'amour de To me protégera, dans le chant de la cigale rien ne dit qu'elle est près de sa fin. Je porte une chemise en crépon blanc, une jupe à roses rouges sur fond noir et une très fine ceinture de cuir rouge vif. La fenêtre est largement ouverte, je m'ennuie un peu, je trouve que tout ici est assez laid, plutôt étriqué, même si j'y suis attachée : l'armoire de chêne clair, les poignées de porte à moitié cassées, la fenêtre de la salle de bains qui ferme mal, gonflée par l'humidité, les jours de détresse qui ravagent ma mère, les verres Duralex, la feuille de laitue romaine au-dessus du miroir, toute ratatinée et posée là depuis le dernier soir de Pâques, la lessiveuse de zinc, le balai derrière la porte de la cuisine. Et tout à coup cette lame dans le temps : vite, vite, fermez tout, cachez-vous. Le morceau de craie à la main, je tourne la tête, je ne comprends pas encore. Mon père crie, mettez Radio-Tunis, je crois que c'est aussi la guerre ici, surtout n'ouvrez la porte à personne.

Ce jour est devenu en quelques minutes mon nouvel alphabet. Il m'a d'abord fait perdre mes mots. Je crois qu'ensuite je l'ai oublié complètement. Je n'ai jamais cherché à le retrouver. Lentement, année après année, j'ai recommencé à essayer de me souvenir mais j'étais indifférente, je disais que ce n'était pas mon histoire ou que bon, après tout, il y en avait toujours eu de ces manifestations, d'autres réalités étaient bien plus graves, il ne fallait pas s'attarder là-dessus, je n'avais d'ailleurs jamais su comprendre la colère de cette foule, je n'y avais vu que la menace et la peur, que l'aveuglement de l'amalgame. J'ai mis beaucoup de temps à renouer avec ce jour, à découvrir qu'il avait été un jour frontière, que c'était à partir de lui que je m'étais dressée. En l'effaçant, en faisant comme si, en l'ignorant, en m'éloignant. De lui et de moi. De tout ce qu'il représentait et racontait. Mais c'est vers lui que je voudrais revenir aujourd'hui. Pour l'épeler, retrouver les nuances de sa lumière, de sa matière.

En fermant les persiennes de la salle à manger qui donnent sur l'avenue, j'ai croisé les yeux de cet homme qui a mis la main sur sa gorge pour me montrer comment on faisait pour tuer, il n'a pas cessé de crier en faisant ce geste, lui aussi peut-être se souvient de mes yeux. C'était très bref. Un regard de trois secondes. Comme du feu, des secousses incandescentes. Quelque chose s'est faufilé entre le bois gris des persiennes et la lumière du pays, quelque chose est entré dans ma peau, je ne peux pas effacer ce mouvement de la rue vers moi, quelque chose s'est suspendu. Immobilisé. Une espèce d'annonciation. Jour frontière, oui. Qui contient dans son centre la matière même d'aujourd'hui. Dedans, dehors. La découverte de ce regard n'a pas de nom. Je ne sais pas pourquoi c'est à moi qu'il s'adresse cet homme. Je ne le connais pas, il ne me connaît pas, nous habitons dans la même ville, nous n'avons même jamais encore quitté cette ville ni lui ni moi, c'est notre ville maternelle, nous l'aimons tout autant et peut-être qu'hier, dans cette avenue, nous nous sommes croisés et qu'il m'a souri, et moi peut-être que j'ai répondu et qu'après j'ai détourné la tête, j'ai marché un peu plus vite, je ne dois pas regarder les yeux des hommes, mon père me l'a répété mille et cent fois. Je sais, j'ai de la peur cachée dans mon corps depuis toujours et je ne sais pas la nommer. De la peur qui s'est blottie sous ma peau, qui ne me lâche jamais, qui me connaissait avant même que je naisse. De la peur et quelque chose qui se mêle à elle, comme si je n'étais qu'une invitée partout, que je devais bien me tenir si je voulais faire partie du pays, que là où je vivais c'était toujours là où on m'avait abritée. On me le répète silencieusement, ne te crois pas chez toi, fais attention. Je vois aussi cette chose rôder sur le visage de mes parents, même quand ils ont l'air heureux. Ils sourient, baissent la tête, remercient, s'excusent, s'inquiètent, remercient encore. Trop, beaucoup trop. Et moi, je fais pareil.

La foule commence à brûler tout dans l'avenue, barres de fer et pierres dans la vitrine du quincaillier, du marchand de glaces, du boucher, du bijoutier. Ils ne se trompent pas, la boutique du serrurier ils ne la touchent pas. Ils renversent la viande sur la chaussée, ils piétinent et brûlent les tissus, les voitures, ils entrent dans la synagogue, brûlent les tapis, jettent au milieu de la rue les chandeliers et les livres sacrés, tout se mélange au sang de la viande, entre les fentes du bois gris je fais glisser mes yeux sur l'avenue et ça s'imprime sur ma rétine, je n'ai pas vraiment peur, je ne comprends pas, j'entends les cris et le feu, je vois qu'on brûle mon corps devant ma maison et je deviens muette. J'ai de la chance d'habiter si près de la synagogue, sinon je n'aurais vu qu'après coup, je perds ma voix, je dis silence, je ne veux plus rester dans mon pays. Toutes les familles qui sont cachées derrière leurs persiennes ce jour-là voient la même phrase se former en eux. Dans l'avenue Roustan, dans la rue Arago, dans la rue Courbet, dans la rue de Marseille, dans l'avenue de Londres, dans la rue d'Angleterre, dans l'avenue Pasteur, dans l'avenue de France. Ils seront les derniers à partir, les premiers l'ont fait en 1956 puis en 1961. On ira même jusqu'à dire que vingt siècles se sont effacés en un seul jour.

Dix-sept ans, première grande fracture, très calme. Je prends ma mère dans les bras, j'embrasse mon père, ce n'est rien, ça va passer, n'ayez pas peur les parents. C'est ce que je voudrais leur dire. Eux aussi sont devenus muets. Je les regarde. Tellement innocents, maladroits, tellement naïfs et désemparés, grandeur de leur franchise. La guerre en Israël, en Palestine ? Pourquoi ? Qui l'a déclenchée ? Faut-il être solidaire ? Et de quoi ? Que s'est-il passé ? Ils n'ont pas de réponse, ils ne savent rien, ils sont héritiers d'une histoire qu'ils pressentent mais qu'ils ne connaissent pas vraiment, ils disent que le pays là-bas est minuscule, qu'il est entouré d'ennemis et qu'il faut bien se défendre. Mais de là à faire la guerre, c'est dangereux, dit ma Béatrice. Mon père se prend la tête dans les mains, tu as raison, je ne sais plus comment expliquer, mets les informations. Nous marchons dans la maison sans savoir dans quel scénario nous avons été pris. Nous regardons notre décor. Il se résume à si peu de choses. Les *Joueurs de cartes* de Cézanne, les citations sur le mur, les dalles fraîches, les fenêtres, le soleil qui dessine ses rayures sur le grand lit, le linge dans l'armoire, les pots à épices dans la cuisine, les losanges du tapis, la baignoire très haute, les carreaux de faïence verts et blancs, les serrures de la porte, le vasistas, le fauteuil-lit, les *Joueurs de cartes* à nouveau, on retombe toujours sur eux, même si on ne veut pas les voir : cet instant au milieu du jeu, cet instant qui s'est immobilisé, je ne me lasse pas de l'interroger, mais voilà qu'aujourd'hui notre partie s'est aussi immobilisée. Nous sommes enfermés dans cette maison devenue enclos : pénombre dedans, soleil dehors. Heures figées. L'Histoire est entrée dans nos yeux. Surtout n'ouvrez à personne répète mon père.

Nous n'avons été prévenus de rien, nous découvrons à peine le nom du pays où nous habitons. Cette terre qui brûle là-bas et qui est en guerre, nous la connaissons encore moins. C'est un nom qui habite les livres de prières, un nom sacré qu'on aime chanter le vendredi soir quand toute la maison est en fête et qu'elle a pris une odeur particulière. Une splendide odeur de commencement. On ne comprend pas ce que disent les prières, mon père barbouille les phrases, mais il a parfaitement retenu la mélodie, les scansions, les rythmes, il escamote la fin du chant. On aime répéter le dernier mot tous en chœur : amen. On a du plaisir à le prononcer parce qu'il nous unit et qu'il annonce le début du repas. Le nom de cette terre qui brûle là-bas et qui est en guerre, on le retrouve aussi sur le vieux disque d'Hillel et Aviva, caché sous les Machucambos, Dario

Moreno, Vivaldi, Dalida et Chopin. Ce sont des chants de travail où les oliviers, les grenadiers et les bergers dessinent le paysage. Hillel a une voix très grave et Aviva lui répond avec des syllabes douces et enjouées, parfois ils chantent ensemble, c'est toujours l'heure des récoltes, des moissons, des arbres qui poussent, des roses sacrées, le ciel est peuplé d'étoiles et les voix tracent une géographie secrète, irréelle, tellement exotique. Ils s'accompagnent d'une flûte de berger et je les vois s'embrasser à la fin du jour, devant un ciel presqu'orangé, un ciel de feu. Je connais toutes ces chansons par cœur, mais je ne sais pas où commencent et où finissent les mots, j'aime que ces mélodies me soient à la fois étrangères et intimes. C'est aussi cela l'attachement à ce pays, dit ma Béatrice, on aime qu'il soit loin, on l'aime parce qu'il est loin, il a la place d'une attente, d'un espoir. Elle n'emploie pas ces phrases, mais dans la confiance qu'elle exhibe quand elle écoute ces chansons, c'est cela que j'entends, même si elle prend le même air quand elle chante avec Dalida *L'histoire d'un amour*. Je chuchote à mon tour par-dessus la voix d'Aviva, je me trompe, je reprends, je rattrape le couplet, dodi li, shoshanim, des siècles et des siècles apparaissent et disparaissent, comme un battement de cœur, dodi dodi, bashoshanim, Jerusalaïm…

On ne nous a jamais rien expliqué de plus, mais en écoutant ces chants, c'est comme si nous recevions des lettres de cousins éloignés qui étaient partis à l'aventure et qui nous racontaient leur voyage. Ils ont l'air de s'adresser vraiment à nous, c'est toujours ce même sentiment qui glisse sous cette langue. Mais il ne cherche pas à être développé. C'est là sa force et sa beauté, mais aussi sa distance. Dansons pour oublier, répète l'autre disque noir, d'un groupe dont je ne sais plus le nom, peut-être Karmon Israeli. Il dit que nous aussi, nous tous, éparpillés dans le monde, nous devons danser pour oublier. Mais oublier quoi ? C'est curieux cette phrase qui ne dit les choses qu'à moitié. Ce qu'on doit oublier serait donc imprononçable ? Sans doute. Ce pays lointain nous intrigue mais nous ne posons aucune question. Ce qui nous plaît, c'est qu'il existe et qu'il soit là-bas, après l'Égypte, après le Nil et les déserts. Là-bas, presque dans le ciel, dans une lumière de miel. Les chants s'appellent *Écoute*, *N'aie pas peur*, *Je suis là*, *Entre le Tigre et l'Euphrate*, *Deux roses*, *Viens sois heureux*, *Viens entre dans la danse*. Celui que je préfère chuchote un seul mot : *Saeynu*, répété par tout le chœur, très bas. Entre prière, berceuse et secret. *Saeynu*, *Carry us*, Porte-nous. C'est un pays qui répare et réunit, disent inlassablement ces voix, *Hevenu Shalom Aleichem, We Have Brought Peace Upon You.* Accordéons, claquements de mains et tambourins, visages éclatants, tout a l'air si neuf, même leur joie. Mais ce pays n'est pas pour nous puisque notre pays c'est la Tunisie et notre nouvelle direction c'est la France. Quelque chose pourtant nous lie directement à son nom. Plus qu'à sa réalité. Je dis nous, mais en fait je ne me sens appartenir à aucun groupe, je veux juste regarder ce qui m'entoure. Je marche dans la maison, j'essaie de résumer, d'expliquer, d'aller vite, je m'agrippe à quelques mots que je connais comme Etz Harimon, Tapuach Hineni, Hora Medura, Yom Mechichi. Les yeux fermés je retrouve le goût des dragées aux amandes que je vais chercher à la sortie des mariages, juste en bas, je guette par le balcon à quel moment la cérémonie est finie et, dès que la belle mariée apparaît sur les marches de la syna-gogue, je descends en accéléré les deux étages et je me faufile très calmement dans la cohue pour attraper un adorable sachet de tulle. Je retrouve aussi ce vertige qui me prend à chaque fois que je dois embrasser le livre sacré, enroulé dans cette odeur de velours grenat, ces écheveaux d'or, et la flamme des chandeliers, et l'haleine des hommes en prière et les châles rayés, tout cela que je regarde comme si je découvrais un pays, mais un pays qui serait en bas de l'immeuble, à côté de ma maison, à côté du pays où je suis née. D'ailleurs, chaque fois que je dois donner mon adresse, je précise, car l'avenue est longue et traverse toute la ville dite européenne, que j'habite « à côté » de la synagogue. Je n'oublie jamais de dire ce mot : « à côté ». Mais maintenant je ne sais plus, ce pays qui est piétiné et qui brûle au milieu de la chaussée, cette guerre là-bas et cette violence nouvelle sous mes yeux. J'ai froid. Brûler ces tapis, ces vases et ces livres sacrés, c'est brûler Israël ? Tout avait l'air si simple jusque-là, nous ne nous posions pas de questions directes sur nos différences, nous les sentions et les reconnaissions en silence c'est tout. Sans avoir besoin ni envie d'en parler. Avec les Ladjimi, les Sroussi, les Kritikos et les Spiteri nous nous échangeons des assiettes de gâteaux, à Pâques, à Noël, pendant le Ramadan, pour la fête des cabanes ou celle de la Madone, on ne sait même plus ce que nous fêtions, nous aimions simplement saluer les saisons avec des goûts différents, c'est ce qui nous unissait. Alors, qui sommes-nous vraiment pour que tout à coup on veuille notre mort ? Avons-nous été superbement myopes jusque-là ? Avons-nous préféré ne pas voir ? Comment peut-on croire qu'on est chez soi, et que tout à coup en un jour c'est fini, sortez, vous êtes coupables, tout est de votre faute. Si ce n'est toi, c'est donc ton frère. Et les Palestiniens ? Au même moment, ne vivaient-ils pas la même chose eux aussi ? N'avaient-ils pas été chassés ? Non, ils ont vendu leur terre, me dit-on. Mais pourquoi ont-ils accepté de la vendre ? Et où sont-ils allés ? Quelle est la vérité ? Je me perds dans mes raisonnements, je balbutie, je ne sais pas encore que ce jour allait devenir l'enjeu le plus important de cette guerre et que, pour Israël, élargir ses ter- ritoires n'avait finalement abouti qu'au rétré- cissement général, à l'apparition d'une peur généralisée et à l'étouffement progressif du pays. Presqu'à sa disparition. Ce que nous avons vécu dans cette journée du 5 juin 1967, enfermés dans notre minuscule maison de Tunisie, Israël ne le vit-il pas aujourd'hui, en 2004 ? Je ne sais pas répondre. En tout cas, pour nous, tout était devenu clair : ce jour-là, nous avons été poussés dehors, nous avons signé notre disparition.

J'ai dix-sept ans et je raconte de l'intérieur de cette journée, je n'ai aucune autre cons- cience de l'histoire pour l'instant. Les cris durent jusqu'à six heures du soir. Je n'ai jamais pu revenir vers cette journée, ce n'est qu'aujourd'hui qu'elle vient vers moi, qu'elle me fait signe. Jusque-là, je ne voulais pas me retourner. Statue de sel. Il fallait avancer, oublier, faire comme si. Et surtout, il y avait eu tant d'autres choses à construire. Cette journée contient pourtant toutes les minutes qui signent notre début de siècle, les attaques-suicides, la construction du mur, la non-reconnaissance réciproque, les malentendus, les amalgames, les désespoirs, les extré-mismes.

Juin 1967, Tunis, jour numéro 5, toujours dans l'après-midi, vers cinq heures et demie. Je vais dans ma chambre, j'essaie de rester immobile face au ciel. Je me concentre. Retrouver ma candeur, mon rire. Rechercher un plaisir statique et non pas un plaisir en mouvement, je ne sais d'ailleurs même plus de qui est cette phrase, c'est Épicure ? Fixer le ciel, respirer, être simplement au monde, penser aux arabesques, aux accords de Chopin, à la bouche de To sur mes seins, à la peau si mate de ses épaules, à cette amitié d'un dieu habitant chaque couleur et peut-être même respirant à l'intérieur de mon corps, rêver au goût de la granite au citron ou à la fraise, avec ces grains noirs répandus sur l'onctuosité du rouge, quand tout tourne dans la machine et que la mousse de fruits prend forme peu à peu. Mais ça ne marche plus du tout, aucune image ne tient, le ciel ne répond pas, tout s'est enchevêtré depuis ce matin, les sentiments ne sont plus à leur place, ils se sont effacés, je ne sais plus qui je suis, je voudrais fuir, juste fuir. Effacé Nietzsche effacé Spinoza effacés les exercices spirituels, l'hédonisme et l'épicurisme, effacés *Pierrot le fou* et la *Valse brillante*, dehors c'est la guerre et je n'ai plus de forces du tout. Les mots se sont cassés sous mes yeux. Débris, hachures, bûchettes, rien. Le ciel est devenu si bête et si terne en quelques heures, c'est incroyable cette métamorphose, il me regarde comme si rien ne s'était jamais passé entre nous : alors quoi, si je ne lui donne pas d'élan il n'existe plus ? Il devient un morceau de rien qu'on a peint en bleu ? Je suis épuisée, toutes ces heures que j'ai perdues à l'admirer et l'honorer, il m'a trahie, je suis en colère, je baisse les yeux pour ne pas montrer ma déception même s'il sait voir là où personne ne peut glisser ses yeux. Non, non, ce n'est plus le moment de folâtrer et de jouer au plaisir de vivre, je suis perdue, inquiète, emprisonnée, prise au piège, il est six heures moins vingt. On m'a empoisonnée. Je ne sais plus à qui j'appartiens et si je suis vraiment obligée de faire partie d'un groupe, je dis pouce, je veux jouer solo, j'ai pas le droit ? Et pourquoi nous, oui, pourquoi toujours nous ? Quel rapport avons-nous avec cette guerre ? Qui peut m'expliquer ? J'ai dix-sept ans, je devrais savoir. Je pose mes bouts de questions dans le vide, je ne sais plus à qui m'adresser. Bon, maintenant je descends, dit mon père, en serrant la ceinture de son pantalon bleu marine, je suis sûr qu'ils ont touché à ma camionnette. Il est six heures dix. Reste, dit ma mère, tu es fou, attends que ça se calme davantage. Je descends, je n'ai pas peur, je vais leur expliquer. Expliquer quoi ? dit ma mère. Elle se met devant la porte, écarte les bras, reste je te dis, c'est dangereux. Laisse-moi, je reviens tout de suite, pousse-toi. Je fixe la forme du verrou, la couleur de la clef, la peinture écaillée, légèrement noircie, la chaîne de sécurité, je ne les avais jamais remarqués jusque-là, je vivais en liberté. Je cours avec mon père, vite, vite, escalier, fer forgé, boîte aux lettres cassée, trottoirs à petits pavés carrés, ma ville ma ville depuis toujours, poussière et cendres sur la chaussée, vitrines défoncées, la camionnette grise est garée dans la première rue à gauche, en face du magasin de chaussures où j'ai acheté mes premières

ballerines en vernis rouge. Voilà, j'en étais
sûr, dit mon père. Ce qu'on appelait la
camionnette est renversé, il n'y a presque plus
de flammes, le nom de mon père brûle
encore à bas bruit dans la ferraille, l'adresse
de son magasin, les mots Avenue de Carthage
et Machines agricoles disparaissent aussi. On
peut à peine reconnaître encore le téléphone
24-15-46, et cette odeur qui tapisse le quartier,
qui me frôle encore les yeux. Il y a un attrou-
pement autour des flammes. Je prends mon
père par l'épaule, nous regardons en silence,
hébétés. Les autres aussi sont silencieux. On
ne fait pas attention au mouvement des hirondelles au-dessus des arbres ni à la couleur du
ciel qui se tache de rose effiloché. Un jeune
garçon explique en arabe à mon père : c'était
la voiture d'un juif. Ils fixaient la scène
comme s'ils étaient au cinéma. Le juif c'est
moi, crie mon père, en arabe lui aussi. Aussitôt, il devient un grand tragédien, les mots
drapent ses lèvres sans effort. Il parle comme
s'il était son propre avocat. J'ai envie de rire et
de pleurer tellement mon père est magnifique et grotesque, on ne dit pas ces choses-là,
papa, viens, on s'en va. Oui, le juif, c'est moi.
Il se tape la poitrine pour prouver que c'est
bien lui et qu'il n'a rien à se reprocher. Je suis
né ici comme vous tous et comme vos parents,

90

qu'est-ce qui vous a pris de nous brûler comme ça, vous êtes devenus fous ou quoi, c'est une honte, toute ma vie j'ai travaillé avec vous j'ai lutté comme un lion depuis que j'ai treize ans et maintenant c'est ça la récompense ? Viens, on s'en va, arrête, papa, ne t'énerve pas, ce sont des gosses. J'avais de plus en plus envie de rire, un peu honte de le voir s'agiter comme ça, envie de le prendre dans mes bras, petit père, viens, laisse-les, ce n'est pas grave. Il m'avait toujours appris à dire que rien n'était grave, qu'il fallait toujours trouver une sortie, même quand c'était grave, mais cette fois je n'ai rien osé dire, je l'ai laissé parler. Regardez ce que vous avez fait, comment je vais me débrouiller maintenant sans ma camionnette, vous l'auriez brûlée la voiture de votre père ? Les jeunes garçons l'écoutaient, les yeux larges, étonnés, ils n'avaient pas prévu ça, ils faisaient non non avec la tête, ils étaient devenus très timides. Alors, tous ensemble, on a remis sur pied les ruines de ferraille, excusez-nous, monsieur, excusez-nous, répétaient les jeunes garçons, voilà, c'est fini, excusez-nous encore. Et ils sont tous venus serrer la main de mon père et embrasser aussitôt leurs propres doigts, puis toucher leur cœur avec, tête baissée. En remontant, dans l'escalier, j'ai remarqué que

mon père fermait les yeux et calmait sa poitrine avec sa main droite. Je l'ai embrassé
pour le rassurer, c'est bien papa, tu leur as
très bien parlé, bravo.

Les jours donnent les uns sur les autres. Au
bout de la ligne, ils ont déjà franchi presque
quinze ans et je me retrouve brutalement
devant la dernière voiture de mon père, une
Peugeot noire cette fois, qui lui servait aussi
de refuge quand il attendait l'heure d'un
rendez-vous. Le ciel est blanc, abandonné,
couleur de novembre. Elle est garée dans une
petite rue qui donne sur la rue de Flandre, à
Paris. C'est le début du mois de novembre,
jour numéro 7, année 1982. La portière est
ouverte, mon père est assis au volant, les yeux
fermés. Il est mort, mais personne ne le sait
encore. Il a gardé sa main sur la poitrine et
son pied gauche est posé sur le trottoir. Je
reconnais ce geste de la main, le même que ce

jour de juin où la camionnette avait été brûlée à Tunis, rue Vico. Il venait de transporter une vieille télévision qu'on lui avait donnée, il l'avait mise dans le coffre et il s'était sans doute reposé pour reprendre souffle, une jambe sur le trottoir. Personne n'est passé par là ce matin, personne n'a rien remarqué, et quand l'ambulance est arrivée dans l'après-midi, il était trop tard, ils ont déchiré la chemise, essayé de le réanimer, le cœur ne battait plus. Ils ont téléphoné pour m'avertir, c'est le commissariat, votre père est mort dans sa voiture, il faut venir. C'est moi qui l'ai tué, c'est ma faute, c'est ce que j'ai tout de suite pensé, je n'aurais jamais dû écrire ce livre. J'ai couru dans Paris, je voulais le voir, on n'enlève pas un père à sa fille aussi violemment, j'allais n'importe où, les passants me regardaient avec pitié, je veux voir mon père, ce n'est pas possible, on peut encore le soigner, l'emmener à l'hôpital. On m'a précisé qu'il était à l'Institut médico-légal quai de Branly, vous savez quand on meurt dans la rue, c'est la même chose pour tous, c'est là qu'on conduit les morts, c'est la loi. Je voulais le voir, c'est tout, je m'en fichais de la loi, j'ai sonné. Mon père est là laissez-moi passer je vous répète que je veux le voir. J'avais perdu ma voix, bientôt plus de mots, bientôt tomber moi aussi. On n'a pas voulu me faire entrer. Il est dans une chambre froide, calmez-vous, je comprends, surtout si vous êtes sa fille, mais je ne peux pas vous laisser entrer maintenant, on a des ordres, revenez demain matin, de toute façon vous ne pouvez rien faire de plus. C'était un jeune homme blond qui avait une voix très douce et qui parlait très bas, lui non plus je n'ai pas oublié son visage ni son chandail à losanges jaunes et marron. J'ai couru vers les quais, je ne voyais rien, les phares battaient dans le noir, je répétais que c'était ce pays qui l'avait tué, qu'il n'aurait jamais dû venir en France, qu'il avait perdu son métier en un jour, qu'il n'avait pas supporté cette humilia- tion même s'il ne s'en était jamais plaint, et que c'était une honte de l'avoir laissé faire du porte-à-porte en banlieue à proposer des voi- tures Peugeot à vanter les derniers modèles à répéter que c'était sa marque préférée depuis toujours à dire qu'il pourrait repasser à un autre moment s'il dérangeait à remercier même si on lui fermait la porte au nez non non c'était une honte de l'avoir laissé courir dans les étages avec ce cœur si fragile et cette pudeur qui toujours lui interdisait de se plaindre, nous n'aurions pas dû le croire c'était pour ne pas nous déranger qu'il faisait semblant d'être heureux. Oui, père, je sais aussi que c'est moi qui t'ai tué. Je n'aurais jamais dû écrire *Roma*. Tu m'avais pourtant prévenue : le jour où je te vois une fois de plus avec un garçon, je te tue et je me tue. Voilà, ce jour est arrivé, c'est le 7 novembre 1982. Mais comment as-tu pu confondre ce roman avec ma vie ? Tu sais bien que je ne connais même pas Rome, je n'y suis restée que trois heures un jeudi après-midi, avant de reprendre le train pour Naples, comment as-tu pu croire que cette fille que j'ai inventée soit ta fille ? Écrire, c'est toujours inventer, tout le monde le sait, ce n'est pas nouveau, c'est tellement banal, comment t'expliquer maintenant ? Il faut que je te dise. Nous ne sommes pas du même milieu, petit père, nous ne comprenons pas les mots de la même façon, et pourtant c'est toi qui m'as poussée à lire, à travailler, à écrire, à m'engager dans tout ce que je devais faire. Écoute, je vais résumer, même si c'est trop tard. Ce premier roman, *Roma*, était pour moi une fantaisie autour du nom de Fortuna, ce deuxième prénom que vous m'avez donné et que j'ai toujours détesté. J'avais honte de le trimbaler aux examens et sur mon passeport, mais je me taisais parce que je savais que c'était le nom de grand-mère, tu peux comprendre que je ne voulais vexer personne. Je ne sais pas exactement ce

96

que contient cette honte, elle m'embarrasse encore aujourd'hui. J'avais besoin de me dépouiller, d'être nue, sans origine, sans pays, sans vêtements, sans famille, sans rien, ni morale ni carcan, je voulais jouer solo, comme à la roulette, alors j'ai raconté l'étrangère qui habitait en moi, tu peux au moins me suivre si je te parle comme ça ? On dit que Fortuna est la déesse de Rome, qu'elle est une courtisane, qu'elle guide les voyageurs sans boussole, alors je l'ai choisie comme guide, je suis devenue elle. J'ai aimé habiter en elle et avec elle dans tout ce qui tourne. Les toupies, les arènes, les chemins de nuit, les casinos, les labyrinthes, les rosaces. Bien sûr, je lui ai prêté mon regard et mes phrases, comment faire autrement, mais elle n'était pas moi, je suis très gênée de me justifier sur des choses si simples, petit père, mais puisqu'il le faut, je continue. Elle m'a aidée à construire ce premier roman, si tu préfères. J'ai voulu qu'il soit le plus libre et le plus insolent, sinon à quoi bon écrire ? Je ne pouvais pas m'interdire d'inventer sous prétexte que tu me lirais et que ça te blesserait. En suivant l'errance d'une jeune fille d'aujourd'hui dans une ville que j'ai nommée Rome mais qui n'était qu'une ville symbolique, oui, en suivant cette jeune fille à moitié prostituée à moitié magi-

cienne, c'était une forme littéraire que je des-
sinais et que j'aimais inventer. Une espèce de
chorégraphie ouverte que je voulais créer.
Avec des rencontres et des récits qui déboule-
raient dans le livre, presque par hasard. Un
passeport pour entrer dans le roman, dans ma
vie d'écrivain. C'était mon initiation, oui.
Rien à voir avec ta fille, petit père, et pourtant
je voulais que tout paraisse vrai, que même
tout soit vrai. Je ne peux pas faire de différence entre ce qui m'apparaît quand j'écris et
entre ce que je suis à ce moment-là. J'aime ces
heures où je me sens traversée, ce sont des
heures de chance. Je pensais aussi aux figures
de Merce Cunningham, à la « chance » qu'on
attrapait d'un regard pour commencer un
enchaînement. On regarde les autres danseurs, on choisit un point de départ dans leurs
gestes et on entre en scène, avec eux, au
milieu d'eux, en traçant sa propre figure.
Chacun de nous a les mêmes pas à faire, mais
chacun de nous est libre de commencer à
danser quand il le veut, quand il sent que ça
peut être son moment. Le spectateur ne peut
pas voir vraiment ce qui lie les danseurs, tellement la chorégraphie est mouvante et libre.
Les règles sont pourtant très précises. Écrire,
c'est aussi danser, c'est tendre son corps vers
ce qui est le plus loin de ses bras, de ses

jambes, de ses yeux. C'est bien toi qui m'as poussée à danser, à répéter les exercices les plus difficiles jusqu'à ce qu'ils deviennent simples. Tu me le disais à ta façon, avec d'autres mots que ceux de Mme Debolska. En étant fidèle, confiant, heureux de me voir progresser. Tu voulais m'aider à façonner ma liberté et tu aimais protéger cette liberté. Tu m'attendais le soir, devant les grands arbres de l'avenue, à la sortie du cours, et je te devinais dans le noir, debout devant ta voiture. Tu mâchonnais un bâton de réglisse et quand tu me voyais arriver, tu me tendais le tutu ou les chaussons de danse que tu avais commandés de Paris, voilà, le colis vient d'arriver c'est pour la danse des petits cygnes, regarde comme ça sent bon. La ville et les phares des voitures tournaient autour de ma joie quand je t'embrassais et toi tu souriais timidement. Tu as été mon premier spectateur. C'est pour te plaire que je dansais. Au salut, je surprenais ton visage étonné, pudique, innocent, fier, quand les grands lustres s'allumaient et que la salle rouge et or se dévoilait. C'est pour te plaire aussi sans doute que j'ai écrit. Tu ne m'entends plus, père, je voudrais juste te voir et continuer à t'expliquer. On ne peut pas disparaître sans prévenir, ce n'est pas dans tes habitudes, reviens.

J'ai pleuré devant les grands arbres de la Seine, je ne voulais plus bouger, il y avait du vent. J'étais ridicule, sans forces. Je ne voulais pas quitter ce quartier. Je voulais retrouver sa voix éraillée, sa façon chaotique de parler le français, de répéter en boucle le refrain de chansons siciliennes ou de travestir les airs de *Rigoletto* ou d'*Otello*, non, je n'avais fait attention à rien, mon père était un magicien et je n'avais pas su l'applaudir. Quand je lui avais dit au revoir la veille dans l'escalier, il m'avait demandé de lui offrir mon roman. Il avait découpé des critiques et les avait rangées dans son portefeuille, il les montrait au boucher, aux cousins, aux voisins, il était fier, regardez, c'est ma fille, elle vient d'écrire un livre. Mais je ne voulais pas le lui faire lire, je savais qu'il ne supporterait pas ce personnage de fille un peu folle qui cherchait on ne savait quoi et qui rencontrait des hommes de hasard dans une ville à moitié déserte, dans la crudité de l'été, une fille qui ressemblait pour moi à une Gradiva contemporaine ou à une figure du destin, de la chance, de la Fortune, mais comment lui expliquer tout cela ? Je différais, je disais que je n'avais plus d'exemplaires, que je lui en trouverais un la semaine prochaine, que l'histoire n'allait peut-être pas lui plaire. Je veux le lire quand même, tu es ma fille.

Alors, la prochaine fois je te le donne, c'est promis. Mais je mentais, je savais que je ne le ferais pas, qu'il y avait dans toutes ces phrases quelque chose d'insupportable pour un père, que tous ces hommes qui apparaissaient il les aurait détestés, que tous ces récits éparpillés dans la brûlure de Rome il n'aurait pas pu les comprendre, il n'y aurait vu que la trace d'une vie dépravée et scandaleuse. On s'est fait un signe de la main, il était au milieu de l'escalier : la prochaine fois, tu me le jures ? Oui, je te le jure. Et il est parti en souriant, j'ai refermé la porte. Dans la soirée, mon frère est entré à La Hune et lui a offert le livre : puisqu'elle ne te le donne pas, tiens, c'est pour toi, je te l'offre. Le lendemain, dans sa voiture, on le retrouve mort. C'est son cœur, a dit le médecin, et cette fois on n'a pas pu le sauver. Je ne pourrai jamais savoir s'il a ouvert le livre, s'il l'a lu, je n'ai aucun témoin. Je ne sais donc pas si c'est moi qui t'ai tué, petit père. Mais elle me colle tellement aux doigts cette phrase que tu m'avais jetée quand j'avais seize ans, la joue me brûle encore : si je te vois une fois de plus avec un garçon, je te tue et je me tue. C'était en juillet, nous marchions tous presque nus dans la maison, du sable collé entre les doigts, avec cette odeur si particu- lière de l'été quand on fabriquait en cinq gestes l'après-midi, persiennes fermées, dalles miraculeusement fraîches, carrés de pastèque déposés entre les glaçons, maillots rincés, essorés et accrochés dans la cour, chuchotements de la conversation. Avec les grands mimosas qui dépassaient de la terrasse, les feuilles de figuiers qui écartaient leurs doigts en frôlant la fenêtre, le bruit du train qui se faufilait dans nos cœurs et scandait nos mémoires. Voilà que tout à coup, cette lame, cette violence, cette fougue dans tes yeux.

Toute la nuit, j'ai marché dans Paris, toute la nuit je l'ai appelé. Les phares des voitures, les fenêtres qui s'éclairaient s'éteignaient changeaient sans cesse de place, je marchais si vite, les ponts qui brillaient de leurs masses dans le noir, les mirages des cafés, la fierté de la Seine, ça battait partout comme un cœur et mon père ne vivait plus, et toutes ces choses de pierre qui me regardaient pleurer tandis que peu à peu je devenais invisible, morte, démunie, non, tu ne le verras plus et cette fois ce n'est pas un rêve. Tout tremblait dans le monde. Tout me manquait. J'ai marché encore. Saint-Michel, Hôtel de Ville, place des Vosges, Bastille, Faidherbe-Chaligny. Somnambule. Les mots étaient cassés, je n'avais plus de forces. Me restait pourtant la grâce de la mémoire, cette magicienne, cette toupie sans domicile, infatigable, sans contours fixes, toujours prête à faire battre le sang, toujours disponible. Cette voyageuse qui savait si bien doubler le présent, point par point, seconde par seconde, en le renforçant, en lui donnant des reliefs si cruels, en m'enchaînant à lui. Ces phares dans les larmes par exemple, je les reconnaissais. Ils étaient l'écho de ceux qui passaient sous mon balcon, à Tunis. Je l'avais si souvent attendu le soir en ce point précis du monde, les mains agrippées au fer forgé et mes yeux qui ne dépassaient pas encore la rambarde, je guettais les nuances de chaque voiture, du jaune, du blanc, des lignes de flammes qui venaient du fond de l'avenue et qui disparaissaient sur la droite, non, aucune voiture ne comptait, ce n'était jamais la sienne, il fallait toujours recommencer et espérer à chaque nouvelle apparition. Les étoiles se multipliaient, les grilles de la boucherie se baissaient, les derniers passants se fondaient en un point fugitif et s'éloignaient s'éloignaient, quelqu'un que je ne voyais pas sifflait, deux chats se disputaient dans la cour de la synagogue, un dernier tramway s'engageait vers le Belvédère. J'avais sept ans, dix ans, treize ans, quinze ans. Je l'attendais toujours ici, à la même place, sur ce balcon de fer forgé. Les cheminées immobiles sur la terrasse des voisins étaient les seuls témoins de mon inquiétude. Elles me narguaient. La ligne des arbres filait des deux côtés de l'avenue, et peu à peu la rue se dépouillait. Le silence, les étoiles, le pavé très mat, le goudron, les pierres blanches des façades, les phares d'un « taxi bébé », rouge et blanc, les persiennes de l'immeuble d'en face qu'on refermait, un dernier autobus, numéro 5, numéro 3, le drapeau tunisien sur la devanture du garage, avec le cheval ailé rouge et blanc lui aussi, posé à côté, puis plus rien. Comme toutes ces choses sont cruelles et inutiles je pensais. Comme tout est là et comme tout est indifférent en même temps. Je reste immobile, devant la rue déserte, alors que mon père est peut-être déjà mort ? Je ne peux même pas l'aider ? Rien ni personne ne répondra jamais à ma détresse ? Plus les minutes avançaient, plus j'étais sûre qu'il ne viendrait plus. On m'annoncerait sa mort à voix basse pour ne pas me choquer, alors je pleurais très lentement et il y avait dans ces éclats du temps quelque chose de délicieux, l'arrivée brûlante de ces larmes, la pulsation des phares, le glissement des roues sur la chaussée, régulier, parfois une calèche filait vers le Passage et je laissais les larmes me brouiller la vue. Je laissais aussi les phares m'hypnotiser et prolonger mon inquiétude. J'étais seule et silencieuse sur ce balcon, j'avais la paix. J'excellais dans les scénarios les plus dramatiques. J'avais sept ans, dix ans, douze ans, mais le film était toujours identique. Quand enfin mon père arrivait, j'étais sûre qu'un voleur ou un acteur avait pris sa place et s'était appliqué à imiter sa voix, son accent, ses fautes de français. Le scénario de sa mort me semblait bien plus réel que ce moment où la porte s'ouvrait et où il m'embrassait, les bras enlaçant des paquets de gâteaux au miel, des paniers d'oranges, des journaux, et pour ma mère, les cigarettes Laurens qu'il sortait de sa poche et qu'il lançait sur la table de la salle à manger. C'était son premier geste. Voilà, Bice, c'est pour toi. Il débordait de sentiments pour nous, mais il y avait quelque chose de bizarre, je n'arrivais plus à croire que ses gestes étaient vrais. Il ne m'intéressait plus. J'avais perdu confiance, c'était trop tard, je l'avais peut-être trop attendu, j'étais fatiguée, bonne nuit tout le monde, je ne le regardais même plus, à demain, je vais me coucher, j'ai pas faim. Le monde était là, dans ses irrégularités et sa beauté, mais j'avais besoin que quelque chose me manque. Ou plutôt, je savais que quelque chose me manquait. Il fallait inventer un écart entre le monde que j'imaginais et ce que je voyais. Mon attente était cet écart. Elle était parfois sans objet. Quelque chose de très grand devait m'arriver et je l'attendais. C'était avec cette phrase que je me déplaçais dans le temps, que j'allais au bout du jour, que je franchissais les saisons, que je supportais le périmètre de ma vie.

Mon père assis dans sa voiture, la portière ouverte, dans cette ruelle, une main sur sa poitrine, la jambe gauche sur le trottoir. Je n'ai gardé que cette dernière image de lui, même si je ne l'ai pas vu. Mort dans sa voiture. Était-ce sa seule maison ? J'ai alors aussitôt convoqué l'été 1966, le jour où j'avais rencontré To. Un matin ordinaire dans l'été, au début du mois de juillet, sur la plage, avec les parasols, les boules de sable mouillé qu'on lissait avec la main : les regarder était un travail infini. Elles étaient toutes différentes et formaient une population autonome. Le monde était inscrit dans chaque grain de sable, on les alignait, les entassait, les détruisait, on recommençait et la journée passait, devant la vague minuscule qui venait caresser le bout des pieds. Nos peaux commençaient à deviner le désir, nos corps ressemblaient à ce que décrivaient les romans d'amour. L'hésitation, l'attente, la fougue, le battement, la métamorphose. J'aimais m'asseoir sur cette frontière bien fraîche, là où le sable était plus dur et plus foncé, le mouvement des choses plus net. On s'amusait à se brûler de soleil et à se jeter dans l'eau très brutalement, juste pour pouvoir frissonner. C'était notre jeu préféré, notre horizon. Cette plage a été mon université. J'y ai appris à lire comme tant d'autres la forme des corps, les nuances des visages et des voix, la complexité des mousses et des algues, le chahut des conversations mêlées au bruit de la mer, la promesse de cette ligne fixe derrière les bateaux qui semblait nous faire signe, nous attendre, grandissez un peu et je vous accueillerai. Tous les pays étaient posés sur cette ligne, même s'ils étaient invisibles. Je scrutais aussi la forme de chaque pas quand il s'imprimait et creusait le sable, et peu à peu il disparaissait, je comptais le nombre de vagues qu'il fallait pour perdre à jamais la mémoire de sa trace, j'aimais l'étrangeté de ces robes blanches ou grises des marchands de pains blancs et de cacahuètes, pieds nus dans le sable ils couraient pour ne pas se brûler et leur visage était noble, façonné par le soleil, avec des rides qui ressemblaient presque à un paysage. Ils marchaient la tête haute, le panier posé sur leurs turbans et nous savions qu'ils étaient parfois venus à pied de la ville pour faire le tour des plages, dix ou vingt kilomètres, sans jamais se plaindre, c'était aussi leur présence qu'on aimait retrouver chaque jour. Je suis là, je suis là, répétait l'un d'eux, le plus célèbre avec Ravaillac, et il souriait avec une telle malice quand il chantait ces mots que personne ne lui résistait, son panier se vidait le premier. On se parlait en arabe, on se disait à demain, on se retrouve au même endroit, regardez bien le parasol pour ne pas oublier, ils disaient d'accourdou mademoiselle et ils touchaient très furtivement leur cœur pour dire que la promesse serait tenue. On retenait le moucheté du tissu, la peau de la main, couleur caramel, le rire timide de leurs yeux, la langue française adorablement travestie. Ce jour-là, donc, pour accompagner ma rêverie, je suivais le mouvement d'un ballon de volley noir et blanc, une danse irrégulière, un battement ordinaire qui signait les grandes vacances. Les garçons avaient fait équipe en cercle au bord de l'eau et je les connaissais presque tous. Quand ils laissaient échapper le ballon, ils plongeaient pour le rattraper et chacun en profitait pour montrer ce qu'il savait faire, des sauts, des cabrioles en l'air, d'autres allaient régulièrement nager très vite et revenaient prendre place dans le cercle, en se secouant et s'essuyant les yeux avant de rattraper le ballon de justesse. Éclaboussures et brûlures, jeunes filles en bikini sur la plage ou se promenant sur le sable mouillé, garçons au volley, jetant leurs yeux dans tous les sens, c'était la scène principale de l'été. Et bien sûr, frémissant derrière les couleurs des parasols, les intrigues, les amours, les jalousies, les abandons, les battements de cœur, les confidences, les petits sandwiches aux olives, les fourmis géantes et les scarabées. Je ferme les yeux, le bruit du ballon, les mains qui frappent de toutes leurs forces, les sauts dans la mer, le soleil qui vient rythmer les corps, et quand je les rouvre, c'est délicieux, le jeu continue, il rend le présent éternel, le ballon danse de main en main et les garçons sont toujours sur ma droite. Nous étions tous engagés dans une même histoire, mais nous ne le savions pas. À un moment, dans le soleil, je vois le ballon tomber entre les piquets de bois et un corps se jeter pour le rattraper, la main se heurte au piquet, du sang coule le long du bras, je regarde plus précisément, la main est ouverte et le sang de plus en plus leste. Je me lève, je

cours vers lui sans réfléchir, je l'avais
remarqué peut-être tout à l'heure, lui aussi
m'avait regardée mais sans sourire, des regards
répétés et graves, mais très brefs, qui ne
m'étaient peut-être pas adressés mais qui
m'avaient permis d'admirer la forme de ses
yeux, légèrement tombants, ce qui leur donnait un air presque triste mais surtout très
secret. Je lui dis venez, venez vite, j'ai mon
vélo, il faut aller à l'hôpital, mon père a une
voiture, je suis sûre qu'il voudra nous accompagner, venez, je n'habite pas très loin, prenez
votre serviette et on y va. Je ne le connaissais
pas, mais il fallait que j'aille le secourir. J'ai
fabriqué un bandage avec mon foulard de
coton pied-de-poule, il se laissait faire sans
parler et tous les deux sur le vélo, nous avons
coupé dans le champ de maïs et tout de suite,
après le chemin rouge et les villas, il y avait ma
maison. De loin, j'ai appelé mon père. Viens
vite, tu dois nous accompagner à la clinique de
Salammbo, regarde, il saigne. Mon père n'a
pas hésité, il a mis un pantalon une chemise
des sandales et il a pris sa camionnette grise,
Machines agricoles, Avenue de Carthage, Téléphone 24-15-46. Dans la salle d'attente, nous
étions face à face, mon père et moi, et derrière
le mur, j'entendais la voix de To qui faisait aïe,
aïe, aïe, avec une voix très basse et très lente. Je

112

crois que c'est là que j'ai commencé à l'aimer, oui, dans le creux de ce temps passé dans cette salle très blanche qui sentait le désinfectant, où mon père fermait les yeux pour rattraper sa sieste que j'avais interrompue, il avait trop chaud mais ne disait rien, deux mouches rampaient sur la table de fer forgé, une carte de la Tunisie était épinglée au-dessus d'une petite étagère, et j'ai commencé à vraiment l'aimer ce garçon dont je ne savais même pas le nom et qui était en train de se faire recoudre la paume de la main en chuchotant aïe, aïe, aïe, de l'autre côté du mur. Il suffit de si peu pour que le cœur se mette à construire tout en désordre, à s'emporter et filer droit vers l'avenir. Il est ressorti avec un vrai pansement, l'air très timide, il a dit merci. Au médecin et à nous. À mon père surtout. Il n'osait pas me regarder. Mon père a dit c'est la moindre des choses, mais il ne faudra plus aller à la plage pendant quelques jours, reposez-vous, ce n'est pas grave. Une semaine après, et c'est ce moment que je voulais retrouver quand le 7 novembre 1982, on m'a annoncé que mon père était mort assis à son volant une jambe sur le trottoir et la portière entrebâillée, car il est lié par le biais du mot voiture à *Roma* mais aussi à ce jour de juin 1967, j'ai vu toutes les voitures noires défiler sur les routes de l'été et les années s'entrelacer autour du visage de mon père, je ne voulais pas le voir disparaître je le répète, mais la mémoire frôle tant de paysages, elle se promène en faisant tant de cercles sur elle-même avant de se poser que je préfère la suivre pour ne pas me perdre, elle a toujours raison. Je ne sais pas vers quelle scène ce livre va me conduire, mais je file d'heure en heure, j'escalade le temps, je me faufile entre les lettres et les couleurs, somnambule, bulletin, tintamarre, marabout. Une semaine après donc. Sous les eucalyptus, vers sept heures du soir, c'était un vrai dimanche de juillet. Nous avancions, main dans la main, To et moi, nous fabriquions les premières heures d'une histoire d'amour et ça se voyait déjà dans nos yeux malgré la nuit qui commençait à frôler les arbres, oui, malgré les jours qui lentement allaient se resserrer, ça se voyait déjà que nous nous retrouverions tout l'hiver dans notre atelier d'amour, que nos corps apprendraient à se suivre et à s'inventer, à forger une grammaire inédite, rien que pour nous, le temps d'une année entière, nos corps nus que nous nous offrions pour la première fois, jusqu'au mois de juin, jusqu'au grand départ.

En rentrant, mon père m'attendait dans la salle à manger. Il nous avait vus passer sous les

eucalyptus. Je por-
tais une jupe de
coton blanc et un
tee-shirt à rayures
vertes et blanches.
Viens ici. Il m'a
giflée et en brû-
lant ma joue, il a
dit : « Si je te
revois avec un
garçon je te tue et
je me tue après.
Souviens-toi de ça.
Je l'ai reconnu,

c'est lui, le garçon à la main bandée, j'ai com-
pris vos deux mains, je ne veux plus te voir. »

Les jours s'appellent, les phrases s'agrippent entre elles, ce sont nos ronces. Elles ne disparaissent pas, même quand on croit les avoir oubliées ou écartées, elles traversent les frontières et se logent n'importe où, sur une feuille de cerisier, sur le reflet d'une boule de billard, dans l'odeur de la naphtaline, dans la doublure d'un mot, dans le bruit mat du sirocco ou encore à un carrefour, sur le rebord d'une statue, quand l'homme en uniforme siffle et agite ses bras pour trier le désordre des voitures. Elles ne nous laissent aucun répit, elles rampent sous nos peaux, bavardent avec les géographes et les historiens, elles reviennent sur les lieux pour ne pas se tromper, elles vérifient toujours la forme des rivages, elles passent le doigt sur les pierres brûlantes ou sur les touches d'un piano, et tout à coup elles prennent des couleurs et se mettent à dessiner. Ce sont alors nos vies de rien qui se mettent à vagabonder sous nos yeux étonnés, et nous les laissons passer, hagards, orphelins, mais confiants. Il faisait peut-être froid ce soir de novembre dans Paris, mais je ne sentais rien, je voulais voir mon père c'est tout, c'est ce que je répétais au bout de mon épuisement, je n'avais plus d'autres mots.

Viens, je vais te raconter, a dit ma Béatrice, approche-toi.

Viens plus près, je vais te raconter ma nuit de noces. Ne m'en veux pas si je ris, c'est tellement loin, et ton pauvre père maintenant. C'était aussi au début du mois de novembre, les hirondelles avaient déjà quitté le pays, j'avais rangé mon linge et mes chemises de nuit dans la valise tressée, c'était une belle adresse pour les jeunes mariés cet Hôtel des Thermes à Korbous, il y faisait encore plus doux qu'à Tunis, on avait pris le train très tôt le matin, on ne se lâchait pas la main, on partait en voyage de noces. Il y avait surtout des malades qui venaient en cure ici, les anémiés, les lymphatiques, les bronchiteux, ceux qui souffraient de rhumatismes ou de névralgies, beaucoup d'enfants qui avaient un souffle au cœur ou qui étaient rachitiques, les sept sources d'eau chaude de Korbous étaient très célèbres depuis Tite-Live et Strabon, je crois même que les Romains les appelaient Calidæ Aquæ, c'est simple on soignait tout à Korbous, on disait même que les malades des reins entendaient tomber leurs cailloux à côté d'eux au bout de quelques jours, ça faisait clac sur le carrelage et ça se détachait très nettement de tous les autres bruits parce que la falaise faisait travailler l'écho, bref, nous on ne connaissait peut-être pas grand-chose à la médecine mais on savait que c'était un endroit magique, je me souviens qu'on s'amusait à dire cette blague : « Rodrigue as-tu du cœur ? Oui, je bois Aïn-el-Okteur. » C'était la seule source d'eau froide. On nous la servait à tous les repas, bien bien fraîche. Il y avait aussi d'autres mariés comme nous. Et des gens qui venaient de France, qui ne passaient même pas par Tunis, ils avaient lu la publicité à l'Office tunisien d'hivernage et de colonisation, près de l'Opéra, à Paris. Des malades et des jeunes mariés ensemble, tu te rends compte ? C'était l'année 1936. J'avais vingt-cinq ans et ton père vingt-sept. C'était à la mode de venir en voyage de noces ici, on disait que ça portait bonheur parce que le mot source en arabe se dit Aïn, et commencer sa vie d'amoureux sous le signe de l'œil ça pouvait protéger une vie entière. Chez moi, dommage, il manquait l'amour, mais j'étais quand même très heureuse de faire ce voyage avec ton père, il s'était bien habillé, il sentait bon l'eau de Pompeia, on est arrivés dans la matinée, on avait emporté nos gants de mariage et nos chapeaux, on était juste un peu timides, c'était la première fois qu'on allait se retrouver vraiment seuls. On nous a donné la plus belle suite. Par la fenêtre, on voyait la couleur de la montagne sur la gauche et de l'autre côté la mer avec Carthage dans le fond, c'était magnifique, j'ai applaudi, j'étais comme à l'étranger, j'avais envie de danser de joie, ton père a dit viens voir arrête de tour-billonner viens voir comme elle est belle la salle de bains. L'eau de source coulait dans la grande baignoire et ça faisait des nuages par-tout, on s'est regardés avec tendresse, les robi-nets brillaient, les serviettes si blanches, il m'a enlacée et m'a embrassée sur la bouche : ma Bice. Je voyais nos profils dans le miroir, je ne savais pas où mettre mes bras. Il faut que je te dise, tu ne dois pas te moquer, je ne savais rien de toutes ces choses. Je n'ai pas eu de mère pour m'expliquer. Et mes frères avaient autre chose à faire. Maman est morte quand j'avais huit ans, tu le sais, heureusement tu es un peu ce qu'il me reste d'elle puisque tu portes son prénom, c'est pour ça que je peux te raconter et que je n'ai pas honte de dire, même si tu es ma fille. Au contraire, il faut que tu saches. L'hôtel était tout en haut du village, je me croyais au fond du monde. Je n'avais jamais vu de falaise. Je me suis rincé la bouche, j'ai dit Henry regarde la montagne. Pour essayer de détourner la situation. Il a essayé de m'embrasser encore devant la fenêtre puis il a dit viens on va se promener d'abord. Il voyait que c'était la première fois pour le baiser. On suivait les nuages de vapeur qui longeaient l'hôtel et qui descendaient jusqu'à la mer, c'était féerique, le ciel avait une couleur différente par ici, il était plus près de nous, ce sont mes frères qui m'avaient obligée à me marier avec ton père, mais il était tellement gentil, affectueux, serviable comme disaient les cousines, tu verras, tu apprendras à l'aimer m'avait chuchoté Margot la voisine à la sortie du mariage, quand elle a pris le petit paquet de dragées. L'eau était brûlante, il fallait attendre cinq heures de l'après-midi pour qu'elle soit moins chaude, j'ai pensé aux dragées, à la traîne de tulle, au diadème, aux escaliers de la synagogue, aux gants de chevreau blanc, aux heures que je laissais orphelines désormais, les heures où j'aimais rester seule à la maison avec mon piano mes livres et mes broderies, j'ai sonné pour demander qu'on m'apporte des serviettes de bain supplémentaires, les femmes de chambre étaient radieuses, habillées de lin blanc, tout sentait si propre, les meubles en platane verni, les grands miroirs vénitiens, les lustres de cristal, j'avais envie de pleurer devant tant de sentiments contradictoires, viens, on va jusqu'à Soliman, il paraît que la route de la Corniche est sensationnelle a dit ton père. Je ne peux pas te raconter cette première nuit, c'était un cauchemar, je préfère rester encore un peu dehors et me souvenir du paysage. Je ne savais pas ce que c'était l'amour, ne ris pas, tu ne dois pas te moquer. Des gosses nous accompagnaient, ils voulaient nous montrer le chemin. Je suis montée sur le petit âne et ton père me regardait en souriant, je crois qu'il était fier. On a longé la route vers Soliman. Il avait vingt-sept ans, ça je te l'ai déjà dit, et j'aimais beaucoup le costume bleu marine qu'il venait de se faire faire, dans un tissu très léger, je voyais qu'il me regardait et j'avais peur qu'il pense déjà à la nuit alors j'ai ri, je lui ai dit viens avec moi, prends un âne toi aussi, on peut aller jusqu'à la grotte là-bas. Je portais mon tailleur à pois bleus et blancs que m'avait cousu Mme Pinéda et j'avais enlevé mes escarpins, la vue sur la mer devenait de plus en plus sauvage, je n'avais connu que le frôlement des hanches quand je dansais la valse avec Sauveur et Gilbert au Souffle du Zéphyr ou dans les jardins d'été, j'avais dansé aussi un soir avec un Italien qui était de passage mais qui ne m'avait même pas dit son nom, il me plaisait beaucoup celui-là mais il a disparu, bref, je connaissais la main dans la main, les respirations qui s'effleurent, les baisers dans le cou mais pas cet amour-là.

Ne quittez pas TUNIS

sans visiter

L'ÉTABLISSEMENT DES EAUX THERMALES

de KORBOUS

(Voir pages 315 bis et suivantes de ce Guide.)

Le dîner dans la belle véranda était somptueux, ils avaient servi de la dorade et du fenouil braisé, des ramequins au fromage présentés dans des pots de porcelaine blanche, je ne te dis pas tout dans l'ordre parce que j'ai oublié, un soufflé aux champignons avec des noisettes et de la liqueur de Thibarine au dessert, pour accompagner la cassate et les petits nougats. Champagne bien sûr. Attends, qu'est-ce qu'il y avait encore ? Tu sais, c'était tellement moderne cet hôtel qu'on pouvait même trouver les journaux du monde entier dans le salon et se faire photographier dans un atelier particulier, rien que pour les clients. J'ai peur de te raconter. Je ne voulais pas qu'il laisse la lumière allumée, je n'avais jamais vu un homme complètement nu, j'avais gardé ma chemise de nuit, j'ai dit que c'était mieux de laisser la fenêtre ouverte, on respirerait la montagne et comme ça on pouvait entendre la mer, je ne savais pas comment faire ni comment dire, j'avais chaud, j'étouffais, j'étais seule. Enlève ta chemise de nuit, viens, je vais t'apprendre. Toute cette masse et ces gestes sur moi, j'étais perdue, je ne savais pas répondre, je disais arrête arrête mais c'était toujours trop tard. Ma Bice, tu vois, je n'ai pas pu attendre, tu es si belle. Et il jetait sa tête en arrière. Chaque fois, je croyais que c'était fini et que c'était ça la nuit de noces, je me levais, j'allais à la salle de bains, je sortais une nouvelle chemise de nuit toute propre et il recommençait à s'agiter, je ne savais pas ce que je devais faire, c'est la première fois que je voyais ses mollets, il faisait partie de l'équipe de l'UST, il jouait bien, c'était bizarre de le voir comme ça, ils étaient très gros. Il s'énervait, il disait que ça ne marchait pas, mais pourquoi ça ne marche pas, il ne comprenait pas. J'avais mal, j'avais honte, je ne voulais plus qu'il me touche, c'était gluant et pas du tout ce que j'imaginais, personne ne m'avait prévenue, quelle idiote je faisais. Cinq fois je suis allée chercher dans la valise une nouvelle chemise de nuit, cinq fois je suis allée dans la salle de bains, heureusement que j'avais emporté presque tout mon trousseau. Je ne suis plus très sûre, mais je crois que je suis restée vierge cette nuit-là et que c'est pour ça que ton père s'énervait. Tu sais, je n'ai jamais aimé faire ça, je te l'ai déjà dit, je n'ai accepté que pour avoir le plaisir de vous faire naître. Le corps de ton père me dégoûtait et je n'ai connu que lui. Bien sûr il y a eu M. Bouix, mais ça c'était autre chose, c'était une folie ce jeune ingénieur de trente ans qui s'était posé dans ma vie, sur le balcon d'à côté, et moi qui avais déjà cinquante-six ans, tu vois comme je n'ai pas vu le temps passer, avec aujourd'hui mes soixante et onze bientôt soixante-douze, tu te rends compte ? Un jour, j'ai couru dans l'escalier quand j'ai reconnu son pas, à ce M. Bouix, il était cinq heures et demie, je n'ai pas pu me contrôler, j'ai couru, je lui ai chuchoté je vous aime et aussitôt je voulais mourir, remettre ces mots dans mon cœur, les enfermer à double tour pour que personne ne les dérange, j'ai eu si honte que le lendemain j'ai acheté un billet d'avion pour Paris. Tu sais ce qu'il m'a répondu le voisin quand je lui ai avoué mon amour ? Remettez-vous, madame. Et sa voix était si moche. C'est pourtant cette phrase qui m'a fait comprendre que je n'avais plus l'âge. J'ai dit à ton père que mes enfants me manquaient trop, que je ne voulais plus rester seule, que je devais quitter ce pays. Et pourtant, quand j'avais vingt-cinq ans, j'avais vraiment envie d'inventer une grande famille, avec des enfants autour de nous, de la musique, de la joie. Et puis, ton père était très gentil, affectueux, il m'offrait toujours des bouquets de roses, du parfum, des chapeaux, des dragées aux pistaches. Bon, regarde maintenant la fin de la nuit de noces, je ne sais pas si je vais oser. Je me suis levée encore une dernière fois et là il m'a dit mais pourquoi tu te changes toujours, allez viens, tourne-toi, on va essayer autrement. La falaise par la fenêtre n'était plus qu'une masse noire, je n'ai pas pu m'endormir, je fixais la nuit pour être sûre que je n'étais pas morte, tout était si brutal dans cette chambre. J'ai attendu qu'il fasse plus clair pour fermer les yeux, j'avais peur de mourir, et là, c'est vrai, à un moment, j'ai remarqué par la fenêtre des rayons dans le ciel qui avaient l'air de me faire signe, je ne sais pas comment t'expliquer mais c'était très joyeux, très paisible, alors je me suis dit calme-toi, ça va aller, ça va aller. Je me suis accrochée à cette rêverie. Tout ce qui était loin allait être mon espoir. Je ne voulais plus rien de ces choses du corps, j'étais à la fois perdue et ras-surée, je ne sais pas comment t'expliquer. J'ai fixé cette arrivée bizarre dans le ciel et je suis restée comme ça, très longtemps, étonnée.

Cette même lumière habite la chambre de
Venise, celle de saint Augustin. Chut. Par la
fenêtre de gauche elle est entrée elle aussi, on
reconnaît la brillance des grains, mais c'est
une présence si fugitive qu'on pourrait ne pas
la voir, venez venez, il faut toujours être là au
bon moment pour ne pas la rater, c'est ça le
secret. Il faut parler très bas, je le sais, et ne
pas déranger, c'est une heure tellement
sacrée. Regardez comme tout est calme par
ici. Les couleurs, les boiseries, la forme de la
lumière, les livres. Ils respirent, on voit le
mouvement du papier, ils se promènent dans
la pièce, ils sont tous ouverts, on voudrait y
habiter dans ces livres, dans chacune de leurs
lettres. C'est là que saint Augustin vient tra-

vailler tous les jours quand il n'est pas à la prière. On peut dire que derrière la lumière se présenterait Carthage, juste en face de Korbous, mais ce n'est pas très sûr. Pour le moment, c'est l'intérieur qui compte, pas encore le mouvement du dehors. Saint Augustin écrit, sa main droite est levée, arrêtée, je ne sais pas sur quel mot, il tourne la tête et regarde. Il est saisi par ce rayon de lumière qui vient lui rendre visite. Par la fenêtre de gauche. C'est un grand jour. On voit les traces sur le sol et la découverte dans ses yeux à lui. Il a l'air de rencontrer une étrangère. Une nouvelle langue se présente à lui. Il n'est pas très étonné, il se laisse surprendre, comme s'il avait attendu très patiemment ce moment et que voilà, c'était aujourd'hui. Tout est rouge foncé, vert, et blanc. Son chien est assis et le regarde, très calme lui aussi. Il assiste à la scène, mais il ne peut pas parler. Le poil si blanc. C'est pourtant le seul témoin de ces secondes sacrées. Les livres aussi en sont les témoins, ils regardent, ils disent que c'est la vérité qui est montrée dans ce tableau puisqu'ils étaient présents dans la pièce et qu'ils ont accompagné la vie de saint Augustin dans tous ses voyages. Ils n'ont apparemment pas de voix mais on les entend remuer, ligne à ligne, lettre à lettre. Il y a dans ces secondes quelque chose d'une conversation silencieuse entre tout ce qui est à l'intérieur de la pièce, les couleurs du tableau, les livres ouverts, les objets, les statues, les bougeoirs, les bibliothèques, les vêtements de saint Augustin, le corps au poil bouclé du petit chien et le monde à atteindre, celui qui apparaît par la fenêtre. Un monde à déchiffrer. Qui accourt, annoncé par le drapé de cette lumière vibrante qui a choisi d'entrer juste à ce moment-là. Dehors, c'est Venise et le bruit des cargos, la blancheur des ponts, le rouge sur la Giudecca et toutes ces voix qui se rassemblent dans la via Garibaldi vers six heures du soir, quand les oiseaux eux aussi viennent frôler les terrasses et les arbres des Giardini. Les cloches de l'église et les oiseaux, deux matières qui se touchent, s'entrelacent, quel chahut et quel calme. J'entre dans ce moment suspendu. On est en 1492, ou en 1502, je préfère penser 1492 car ce n'est pas n'importe quelle année, j'ai le cœur qui tremble, je ne dois pas parler très fort, je ne veux rien déranger, je ne suis qu'une invitée, Carpaccio ne se retourne pas, il veut lui aussi raconter ce tremblement, il écrit son nom sur une page ouverte, juste à l'entrée du tableau, c'est son dernier geste. Et il disparaît. San Agostino nello studiolo. Je me perds toujours

avant d'entrer dans cette Scuola degli Schiavoni, je me trompe de pont, j'ai le vertige, j'ai
toujours besoin de ce moment d'absence à
moi-même avant de le revoir. Le monde est un
rébus. Je vais pas à pas, image par image, scène
par scène, heure par heure. Je veux rassembler
ces moments de stupéfaction, ces secousses de
l'histoire, cette immense peinture des atomes
qui nous encerclent. Sur ce point du temps, je
me suis posée et je regarde. Je me balance, ma
mémoire est fragile, un défaut dans le mouvement du sang et tout s'effacerait. Les siècles
caressent ces bouts de pierre avec indifférence. Je reconnais ce parapet et tous ces yeux
qui défilent. Noirs, verts, bleus. Ils viennent
de Tokyo, de Chicago, de Vienne, de Paris,
d'Athènes, d'Alexandrie, de Grenade, de Lisbonne. Ils se posent sur ce même suspens de la
lumière, ce sont des yeux qui n'ont plus d'âge
à force de questionner. La vérité, c'est ce que
je crois voir, c'est donc ce que je vois. Ma Béatrice fait partie de ce voyage. Elle aussi a cru
reconnaître un même tremblement de la
lumière dans la chambre du Grand Hôtel des
Thermes, à Korbous, au mois de novembre de
l'année 1936. C'est le début du jour, une tache
rose longe la falaise, se pose sur l'horizon,
calme le cœur des choses. Je n'ai pas le
numéro de la chambre. Mon père s'est

endormi avant elle, il a posé sa main sur la main de ma mère. Il est mort aussi dix ans avant elle, le 7 novembre 1982. Mais comme tout est passé si vite. La nuit de noces, les enfants, la guerre, les jeux sur le sable, la mélancolie, le vendredi soir, la flamme des bougies, la fête, la musique.

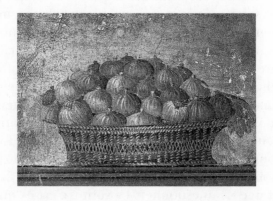

J'ai menti. J'ai dit que la France était notre seule direction, que nous n'avions même pas eu à choisir. J'ai dit nous et je n'aurais pas dû. Marc, par exemple, le frère de Geneviève, est allé à Jérusalem, après avoir fait ses études de médecine à Paris. Julia n'a pas hésité à suivre ses parents à Jérusalem. Ce jour de juin 1967, par exemple, quand nous sommes restés prisonniers dans la maison, elle était déjà partie, elle avait quitté la rue d'Isly au mois de janvier. J'aimerais qu'elle me décrive cette même journée vue de là-bas, je devrais lui faire signe pour lui demander si elle se souvient. Je l'ai retrouvée presque vingt ans après, dans son atelier près de la mer. Elle était devenue peintre, son mari travaillait dans un grand

quotidien, elle avait deux garçons, ils par-
laient l'hébreu et l'anglais, seulement
quelques mots de français. Elle disait qu'elle
avait très peu de souvenirs de sa vie en
Tunisie, dix-sept ans c'est pas grand-chose tu
sais. Elle avait gardé surtout la précision des
couleurs et des odeurs. Quand je suis arrivée,
elle m'a montré ses tableaux et ses rouleaux
de vie qu'elle remplissait, carré par carré,
c'était à la fois mystique et très concret, je
peins le temps elle répétait, c'est un travail
que je fais depuis toujours, j'avance sur plu-
sieurs toiles en même temps, tous les jours je
laisse une trace de ce que je vois, c'est mon
équilibre, je vais exposer bientôt à New York.
Je me sens très libre ici. Ce quartier me rap-
pelle les maisons d'été qu'on louait en
Tunisie, tu ne trouves pas ? Je ne me souviens
que des étés, c'est bizarre, tu ne trouves pas ?
Le reste est tellement flou. C'était une vie
séparée du temps, ces trois mois passés au
bord de la plage. Viens, on peut sortir, je vais
te montrer le quartier, après je dois te laisser
un moment pour aller chercher les enfants à
l'école, ils ont sport tous les après-midi, c'est
une autre éducation qu'ils ont ici, ils sont
grands, ils me dépassent de ça. Et elle tendait
la main vers le ciel. J'aimais l'odeur de téré-
benthine qui circulait autour des pots de

peinture et des pinceaux, elle me rappelait le corps nu de To, les minuscules pointes de sueur sur son dos, quand il fermait les yeux et qu'il jetait sa tête en arrière. Avec Julia, on a marché autour de son atelier, je me sentais un peu perdue, c'était la première fois que je venais en Israël et nos vies étaient si différentes. J'avais en permanence sous les yeux le corps vivant de toutes mes heures d'enfance et elle, elle avait tout oublié. J'ai pensé que c'était à cause de la chanson, qu'elle l'avait peut-être trop chantée, dansons car dans les granges le blé se range c'est le dernier jour des moissons, dansons pour oublier sous le ciel étoilé, viens, viens, je suis si bien. On a dîné dans la soirée sur une petite terrasse de Jaffa, les magasins restaient ouverts très tard, tout me rappelait, dans ce quartier, ce que j'avais imaginé de cette ville, c'est-à-dire une population mélangée, colorée, vivante, sans grande différence entre les visages des juifs et des Arabes. Des étalages de fruits, de la musique, de petits signes d'amitié. Des lampions rouges, jaunes, verts dessinaient le port. On était joyeuses, j'aimais cet endroit, on a demandé du poisson gillé et du rosé, une espèce de digue entrait dans la mer, on s'est peu à peu retrouvées. En partant, elle m'a offert *L'étranger* en hébreu, c'est son mari qui avait fait la couverture je crois, une collection de poche. Elle m'avait aussi montré le coin où elle faisait sa gymnastique le soir, tu vois, c'est sur ce petit matelas que je roule. Où ses enfants dormaient, où elle avait mis sa chambre, le bureau de son mari, la télé. L'appartement était moderne, très lumineux, et dans la cuisine, chacun mangeait quand il voulait, on ne se cassait plus la tête pour se mettre à table et préparer des choses compliquées, on prenait une pita, un concombre, une pizza qu'on glissait dans le micro-ondes et c'était fait, tu te rappelles quand ça n'en finissait pas nos repas là-bas, tu te rappelles aussi quand on se frottait le cou à l'eau de Cologne en hiver et que c'était tout noir comme on riait mon dieu on avait le cou tout rouge à force, et quand on allait au cinéma avec un attirail et des épingles dans nos poches pour piquer les mains baladeuses, tac on piquait d'un coup sec dès qu'on sentait une main s'approcher, c'était méchant mais attends il fallait bien se défendre, qu'est-ce qu'on nous a tripotées quand même, tu vois, ça me revient les histoires c'est dingue, je crois que c'est parce que je parle en français, et quand je cachais mon chewing-gum dans la tasse de la statue sur le grand buffet tu t'en souviens, ah oui c'était une marquise très antipathique en marbre avec une grande robe plissée, elle venait d'Italie, elle tenait sa tasse comme ça d'un air archisnob et ça nous énervait de la voir immobile tous les jours, et tu te rappelles quand ta mère t'avait fait un scandale parce que tu avais pris un bain chez nous avec mon frère et ma petite sœur, elle trouvait que c'était très sale et elle t'avait frottée frottée partout pour enlever les microbes, elle était spéciale ta mère quand j'y repense. Oui, c'est vrai, très spéciale, j'ai répondu. Ma Bice. Mais raconte-moi Julia, tes parents se sont habitués à cette nouvelle vie ici, ça n'a pas été trop difficile ? Bien sûr que non, c'était leur rêve de venir ici, ils vont très bien tu sais, mon père dévore les journaux tout autant qu'avant et ma mère tu la connais on croirait toujours qu'elle a trente ans. Julia cherchait parfois un mot en français, comment on disait déjà, elle avait un nouvel accent mais je la reconnaissais bien, surtout son rire et ses yeux, si brillants, si bizarres par moments, quand elle parlait d'amour ou de peinture. Dans ce premier voyage, je lui avais acheté deux tableaux. Avec une dominante de bleu dans le plus grand et la trace d'un cours de philo qui était le support de l'autre, de grands coups de pinceau par-dessus, du rouge, du bleu, du gris. C'est celui que je préférais. Je reconnaissais les phrases du programme de François Warin sous les couleurs. Oui, ça me revient, Julia était partie brutalement pendant l'hiver 1967, je n'ai jamais su pourquoi, des embrouilles avec son père peut-être.

Deux ans plus tard, je suis revenue la voir. Elle était plus agitée, plus préoccupée, toujours très belle. J'avais passé cette fois une semaine à la Mishkenot Shaananim, près du Moulin de Montefiore, je me sentais complice de ce lieu qui portait le nom de Nonna, la mère de mon père. J'avais marché cette fois plus longtemps dans Jérusalem et j'essayais de comprendre comment on pouvait vivre ici. Ce n'était pas pour moi, mais j'arrivais peu à peu à regarder vraiment, à m'habituer. Dans le premier voyage, j'avais été tellement somnambule, je crois que je mélangeais ce que je voyais avec ce que j'avais imaginé, les siècles m'encombraient et me guidaient en même temps, j'avais le vertige, je me sentais perdue et une demi-heure après j'étais euphorique, je riais, j'achetais des épices, un chandelier, un verre bleu, je voulais voir le Saint-Sépulcre, je demandais des précisions sur l'histoire du prophète Élie, je parlais en arabe dans les cafés de Jérusalem-Est, je me baladais du côté des brocanteurs, je cherchais des surprises, je voulais aller à Jéricho. Le dernier jour, à l'hôtel, je m'étais fait réveiller à cinq heures du matin pour ne pas être en retard à l'aéroport. Il faisait encore nuit à la réception et, dans la salle du petit déjeuner, tout était recouvert de grands draps blancs, c'était bizarre, je ne reconnaissais pas la salle où la veille il y avait eu une grande réception pour un mariage, avec orchestre, danses et claquements de mains, tout avait disparu, on aurait cru une maison abandonnée, j'ai demandé au veilleur si je pouvais quand même avoir un petit café. Il m'a dit oui, bien sûr, et dans la pénombre, j'essayais de rassembler mes bagages, mes sacs, mes poteries. Ma valise était trop pleine, je n'arrivais pas à la fermer. C'est lui qui m'a aidée, il s'asseyait dessus et moi je tirais sur la fermeture éclair et après on faisait le contraire, je buvais un peu de café et on reprenait le travail. Il m'avait apporté un plateau, une serviette blanche, un sucrier d'argent. Peu à peu on a commencé à parler, accroupis dans l'entrée de l'hôtel, une espèce d'amitié impromptue s'est dessinée, on riait, on chuchotait pour ne réveiller personne, je lui ai dit allez chercher un café pour vous aussi et là il m'a raconté sa vie, en accéléré, il était né dans un village là-bas, en Palestine, mais après il avait dû bouger parce qu'il y avait eu la guerre et qu'on leur avait pris la maison, ses parents vivaient de l'autre côté, c'est lui qui leur donnait un peu d'argent mais c'était très difficile, je lui ai demandé son nom il a dit Bassam et moi aussi je lui ai donné mon nom, on était emportés, joyeux, comme si ce petit moment dans la pénombre était notre pacte d'amitié, je veux dire qu'on avait tous les deux ce même sentiment qui nous liait, mais sans avoir besoin de le dire. Nous avions fabriqué un secret et ça se voyait sur nos visages. Il m'a accompagnée jusqu'au taxi, il a mis mes bagages dans le coffre, nous nous sommes fait de grands signes d'adieu par la vitre arrière. J'étais fière de quitter Jérusalem sur cette rencontre qui effaçait tous mes doutes et mes contradictions, j'y voyais un signe de chance, je respirais mieux, je suis arrivée pile à l'heure à l'aéroport, j'ai même eu le temps d'acheter les journaux et encore un dernier petit truc. Mais ce que je n'avais pas prévu, c'était le questionnaire des douaniers. Quand on m'a demandé si quelqu'un avait touché à mes bagages, si on m'avait donné un paquet ou une lettre, si j'avais laissé quelqu'un transporter ma valise à ma place, je l'avoue, j'ai eu peur d'avoir été trahie, j'ai pensé à Bassam, j'ai failli raconter. Mais une certitude me guidait, son regard, son rire quand il rebondissait sur la valise, sa voix, sa pudeur, le café, la serviette blanche, j'ai menti, j'ai dit non, non, personne, rien. Pendant tout le vol, je me suis sentie coupable. De partout j'étais piégée. Si j'avais douté de lui et que rien ne fût arrivé, ça aurait été moche, mais si j'avais été sûre de lui et qu'il avait glissé une bombe dans ma valise ? Ce conflit était une véritable impasse, j'ai fermé les yeux, il y avait des turbulences, ça clignotait au-dessus de tous les sièges, j'avais envie de vomir, j'ai attaché ma ceinture et je n'ai plus bougé.

Deux ans plus tard donc, je suis revenue à Jérusalem, au milieu du mois de mars je crois. La vue de la terrasse et des jardins de la Mishkenot Shaananim était particulièrement belle. Je travaillais dans la chambre le matin et j'allais me promener l'après-midi. Je voulais être seule. Derrière le mur de la salle de bains, j'entendais les ouvriers entasser des pierres, transporter du sable dans une brouette, fredonner des chansons de Farid El Atrache, je me sentais apaisée. Marc m'avait prêté un walkman et une cassette du dernier Jane Birkin, je traversais tous les quartiers avec sa voix dans les oreilles, j'aimais ce décalage, je me croyais au cinéma. Une bande-son sur des images aléatoires. Rien n'allait ensemble. Mais paradoxalement, tout me portait, tout m'apparaissait plus à vif, plus en relief. La ville et la chanson. Tout était dans une nudité extrême. J'étais dans un émerveillement permanent grâce à cet écart que j'avais fabriqué par hasard. Ma chanson préférée, c'était *Quoi ?* Quoi, de notre amour fou il ne resterait que des cendres ? chuchotait Jane Birkin et moi, je croyais qu'elle soufflait ce secret à la ville. Quand ça finissait, je rembobinais très vite, j'appuyais sur play et ça recommençait. La chanson scandait mon regard et mon pas, j'étais amoureuse mais je ne savais ni de qui ni pourquoi. J'étais envoûtée. Je cherchais quelque chose fébrilement, alors j'avançais, j'avançais et je posais inlassablement cette même question : « Quoi ? » La façon qu'avait Jane Birkin de prononcer ce mot me troublait, surtout ici. Très lentement, en chuchotant, en traçant un chemin, en zigzaguant dans le passé, le présent et le futur. Je voulais fixer l'étonnement de sa voix. M'approcher des mots, les toucher, les aimer. J'étais chez moi dans cette chanson. Seule, libre et légèrement exaltée. Mais je le sentais, tout cela était irraisonné, un amour fou qui, comme me répétait la voix, ne serait que des cendres ? Point d'interrogation ? Alors j'avançais, j'avançais, je découvrais les villas, les jardins, les marchés, les arbres, les remparts, la vieille ville, je n'arrivais jamais à répéter le nom des quartiers ni le nom des rues, je regardais et j'oubliais en même temps. Je revenais sur une couleur, un arbuste, le nom d'un magasin, j'essayais de deviner l'histoire de chaque passant, je ne voulais rien noter, je sentais que ce mouvement même faisait partie du voyage, mais c'était surtout ce conditionnel qui m'intriguait et m'inquiétait : notre amour fou ne serait que des cendres ? Tourment devant ce pays à la fois si intime et si lointain. Tout aurait dû être si simple, si évident. Et maintenant ce temps du conditionnel qui brouillait les pistes. Et ce mot, cendres, qui m'effrayait. Où et quand avait commencé Jérusalem ? Qu'est-ce qu'une ville ? Qu'est-ce que l'exil ? Comment vivre ensemble ? Où étaient les Palestiniens ? Comment accepter qu'ils ne soient pas ici eux aussi ? Pourquoi ces territoires occupés ? Je revoyais le temps du 5 juin 1967, c'était à ce moment-là que l'abîme avait commencé à se former. Et cette couleur dans le ciel, rose et orange, quelle merveille. Et ce désert au bout des doigts. J'étais partagée entre l'extase, le ravissement et le doute, entre l'évidence et l'injustice, la beauté et la crainte, j'avais peur tout à coup que tout ce que j'avais devant moi ne disparaisse, je le voyais redevenir un horizon, je ne voyais aucune autre issue. Cette ville était-elle un théâtre ? Toutes les villes n'étaient-elles pas un théâtre ? Je pensais aux chants du grenadier d'Hillel et Aviva, à la photo de Viollet sur la pochette du disque, une route, des pierres, des oliviers et la légende : « Femmes sur le chemin extérieur des Remparts qui surplombe la vallée du Cédron », je pensais aux camps de réfugiés palestiniens, je ne pouvais plus rien supporter. Il n'y avait plus de place pour le secret que je m'étais fabriqué, je touchais à présent la réalité, suspendue, inquiète, tremblée. Et pourquoi Marc m'avait-il donné cette cassette ? Il avait fait ses études de médecine à Paris et je ne sais pas à quel moment il avait eu envie de venir vivre ici. Je ne lui avais posé aucune question. Il y avait quelque chose dans l'air que je n'arrivais pas à définir et qui m'hypnotisait de nouveau, tout en me mettant peu à peu à distance. J'ai filé vers la porte de Jaffa.

Julia habitait dans un autre quartier de Tel-Aviv maintenant. Au téléphone, elle m'a tout de suite demandé si elle pouvait mentir à son mari et lui dire qu'elle passerait la nuit chez moi à Jérusalem, attends que je t'explique, je suis dans une passion terrible avec un homme qui ne va pas très bien en ce moment parce que sa femme est en prison, elle a volé le sac d'une vieille dame, elle l'a aussi brutalisée, enfin je crois qu'elle est très dépressive et qu'elle menaçait toute la journée de se suicider, lui aussi c'est un type bizarre mais ça marche bien entre nous et tu sais cette histoire de femme en prison ça a fait toute une histoire dans les journaux et je crois qu'il en souffre beaucoup, on se voit depuis quelques mois mais je ne peux jamais dormir avec lui, il est très fuyant et comme tu es là je peux dire à mon mari que c'est pour toi, tu comprends, tu peux bien me rendre ce service, on a grandi ensemble comme des sœurs, mais dis-moi on avait quel âge déjà quand on s'est connues, sept ans, huit ans, tu te rends compte comme on est devenues des femmes maintenant c'est dingue, bon, alors je peux lui dire à mon mari, tu crois que je peux venir ? Oui, oui, si tu veux, Julia. Elle m'a proposé de passer me voir dans l'après-midi à la Mishkenot pour parler et se voir un peu, et elle retrouverait son grand amour dans la soirée, elle resterait toute la nuit avec lui, tu es d'accord, ça te va, ça ne te dérange pas ? Oui, oui, si tu veux, Julia, on peut faire ça, pas de problème, si je peux t'aider. Elle avait changé de nom en arrivant en Israël, elle s'appelait Alona, mais je préférais l'appeler Julia.

C'est ce jour que je voudrais inviter dans ce récit. Il est resté accroché dans les branches, parmi les autres. Je sais qu'à chaque fois que quelqu'un naît, à la seconde même, tous les jours qu'il vivra viennent se présenter à lui. Ils guettent sa respiration, ils l'honorent, lui souhaitent la bienvenue. Ils restent un moment à voleter dans la chambre, et fouaf, ils disparaissent, dans un bruissement de papillons. Et très lentement, heure par heure, ils reviennent, l'un après l'autre, comme s'ils étaient des étrangers, comme s'ils étaient tout neufs. Je voudrais à mon tour les honorer, entrez, entrez, il y a encore de la place, je vous reconnais. Ce sont des jours qui portent en eux la même interrogation, le même scénario inexpliqué. Quelque chose d'un arrachement, d'une absence. Et si je les reconnais si vite, c'est qu'ils me poursuivent, ne me laissent jamais en paix, ils se cachent dans ma voix et dans mes nuits, ils me font retrouver si vite cet air démuni que j'avais à l'école le jour de la première photo, rue Arago, avec mes macarons, mes rubans écossais et mon col de percale amidonnée qui dépassait du tablier. Mais leur agencement ne relève que du hasard, du jeu, de l'aléatoire, d'un court-cir-cuit. Un objet, une couleur, une main. Si je reprends ce même jour par exemple, à Jérusalem, quand j'habitais à la Mishkenot, qu'est-ce qui apparaîtrait ?

Cette scène, blanche, détachée du réel. J'étais passée chez Marc avant midi, j'avais admiré le grand jardin, les pièces très claires, presque transparentes et, régulièrement, je voyais sa petite fille traverser le salon, elle courait, en diagonale, une flèche : une vraie danseuse j'ai pensé. Elle avait sept ou huit ans. Elle croquait un bout de carotte et du concombre, elle riait, elle nous lançait un signe pudique, et elle disparaissait dans le jardin quand elle comprenait qu'on parlait

147

d'elle. Marc était devenu père d'une petite princesse. Je l'ai félicité, il m'a dit oui, c'est vrai les enfants ici sont très libres, ils grandissent bien, on les laisse tranquilles.

Je dois m'arrêter, quitter cette table jaune
où j'ai commencé à écrire. Il est tard. Je ne
peux plus raconter. J'ai vu trop de choses. Il
faut aller vite maintenant. Laisser les heures
se bousculer. Tailler dans leur chair. Je n'ai
pas le droit de me servir. Rien ne m'appartient. Pas assez d'éléments pour comprendre.
Je suis détachée de ma mémoire. Je ne veux
regarder que cet horizon qui me fait signe,
qui me happe. Qui me dit viens. Joie d'être
déjà arrivée là, aujourd'hui, sur le rebord
d'une vie, face aux vagues. J'habite dans tout
ce qui tourne. Les rosaces, les toupies, les
manèges, les casinos, les pupilles, le hasard.
Ces taches qui circulent dans mes yeux, je voudrais simplement les nommer avant de les

faire disparaître. Violence de ces secondes de feu. Je reprends, je vais dire vite. Le jour où Julia est venue me rejoindre à la Mishkenot, nous sommes tous allés manger des grillades dans la vieille ville, Marc était aussi avec nous, Julia a eu mal à la tête, elle a voulu me raccompagner alors qu'elle devait rester avec son amoureux dépressif, elle voulait de l'aspirine, elle voulait un verre d'eau, je lui ai dit tout est dans la salle de bains, sers-toi. Le drôle de type est venu avec elle dans ma chambre, j'avais laissé la porte ouverte sur le jardin, c'était une des premières belles soirées de printemps, et mon sac je l'avais posé sur le lit. Quand ils sont partis tous les deux vers minuit et demi, en refermant la porte, j'ai vu que le sac avait disparu, j'ai appelé la réception, j'ai demandé si on avait vu quelqu'un entrer dans le jardin, on m'a répondu qu'avec les écrans de surveillance, rien ne leur échappait, ils étaient formels : il n'y a eu que vos amis. Julia est revenue frapper à ma porte vers une heure moins dix : finalement je dors chez toi, c'est un fou, il ne veut plus qu'on passe la nuit ensemble, il dit que lui aussi a mal à la tête. Je m'en fiche, Julia, on a volé mon sac. Non, non, c'est pas possible, tu vas le retrouver. Elle n'avait pas du tout l'air étonné. Et mon passeport, et mes billets d'avion, et tous mes papiers ? Tu vas les retrouver je te dis, l'argent, je ne sais pas, mais le reste oui. Julia. Alona. Dans la chambre, sa voix, ses yeux malicieux. Et dehors, la nuit d'une ville étrangère que je devais quitter le lendemain matin. Julia enfant, celle dont la mère m'avait aidée à supporter la maladie de ma Béatrice : c'est elle qui m'avait nourrie, coiffée, fait réviser mes leçons. Julia grande sœur, devenue soudain cette Alona. Elle s'était tranquillement glissée sous les draps : allez, viens, on dort, ne t'en fais pas, on s'en fiche de ce mec, c'est un salaud, si ça se trouve, c'est lui qui a piqué ton sac, il est capable de tout, tu te souviens quand tu restais à la maison le samedi soir et que maman nous faisait du sabayon, allez dors, bonne nuit, finalement je suis très contente de dormir avec toi, depuis le temps qu'on ne s'est pas vues. Ses cheveux sentaient Shalimar.

J'ai gardé dans mes tiroirs une cassette que je devrais faire traduire, un dialogue entre eux deux sur mon lit pendant que j'étais allée dans l'après-midi payer ma chambre et que j'avais oublié d'éteindre le magnéto. J'ai collé une étiquette sur la cassette : le secret de la Mishkenot. Peut-être un plan pour préparer ce vol, peut-être leurs histoires de cœur, je n'ai pas le courage de savoir ce qui s'est passé vraiment, Julia était-elle complice ? J'ai retrouvé mon sac, sans l'argent, mais tout le reste était intact, même le stylo, même le rouge à lèvres, même l'appareil photo, c'est le veilleur qui l'a vu, jeté dans les buissons, près du mur.

Mais tout cela n'est rien. C'est un long détour pour arriver à ce jour précis, cette heure précise, dix ans après, le 4 septembre 1997. Dans l'après-midi, la fille de Marc est allée acheter un cahier dans la rue Ben Yehuda avec son amie Smadar. Elles ont dix-sept ans. Trois kamikazes ont surgi, avec des explosifs autour de la taille. Les deux jeunes filles sont mortes. Trois autres corps ont été broyés, ceux des kamikazes aussi. Marc a tout de suite compris en entendant l'annonce à la radio. Il a appelé sa fille sur son portable, il n'y avait que sa voix sur le répondeur. Les enfants savent tous qu'en cas d'attentat, il faut appeler aussitôt les parents.

Je sais que je n'ai pas le droit de raconter cette intimité. Il y a tant d'autres morts qui ont ressemblé à celle-là. Le 11 mars 2004, entre sept heures trente-neuf et sept heures quarante-deux, dans un des wagons du train qui se dirigeait vers la gare d'Atocha, n'avez-vous pas aussi entendu sonner un portable dans le sac d'une jeune fille ? Et tous ces cœurs arrêtés, tous ces rêves interrompus. Partout. À Bagdad, à Hébron, à Madrid, à Tel-Aviv, à Delhi, à New York, à Jénine, en Ossétie. Je n'ai pas le droit de toucher cette réalité. Je cours vers cette page que j'ai glissée dans ma valise, elle aurait pu appartenir à la famille de citations qui habitaient le mur de ma chambre d'adolescente, je devine la main de

Marcel Proust, elle va sur le papier, elle cherche à dire le plus minutieusement. Je regarde fixement les mots. Je ressemble tout à coup à la jeune fille du métro qui est montée à Couronnes, tout à l'heure, vers quatre heures et demie. Avec ce regard immobile qui surgissait au milieu du rire. « Il en est ainsi de notre passé. C'est peine perdue que nous cherchions à l'évoquer, tous les efforts de notre intelligence sont inutiles. Il est caché hors de son domaine et de sa portée, en quelque objet matériel (en la sensation que nous donnerait cet objet matériel) que nous ne soupçonnons pas. Cet objet, il dépend du hasard que nous le rencontrions avant de mourir, ou que nous ne le rencontrions pas. »

Je m'appelle Fortuna, j'habite dans tout ce qui tourne. Les casinos, les labyrinthes, les rosaces, les arènes, les tourbillons, les hélices, les toupies. Je jette les dés et je regarde. Le monde s'épelle, jour à jour. La brillance des grains de grenade, les pores du ciel, la beauté d'une chevelure, la lumière d'une chambre d'été, le cri des martinets, la joue d'un bébé, la splendeur d'un instant, mais aussi l'épouvante. Cette jeune fille qui marche dans la rue Ben Yehuda, qui allait acheter un cahier. Je ne veux plus fuir. Je veux suivre le mouvement du scarabée dans les dunes. M'installer entre deux virgules et laisser venir. À côté, deux fourmis géantes escaladent une algue. Un objet, un jour, une vie. Une seule vie, le monde gigantesque. Fourmis géantes. Sur la plage d'Amilcar, Taoufik vient me proposer de prendre une barque avec lui et d'aller au milieu de la mer pour que je lui montre mes cheveux. Je m'étonne : mais pourquoi aller au milieu de la mer pour voir mes cheveux, tu peux les voir d'ici, je ne comprends pas. Taoufik a huit ans, c'est l'ami de monsieur Michel, il montre mon maillot avec sa tête, il précise que ce sont ces cheveux-là qu'il veut voir, il cache son rire avec la main. J'ai dix-sept ans, mon maillot est rayé bleu marine et blanc, je viens de sortir de l'eau, on entend le moteur d'un hors-bord, je fixe le travail des fourmis géantes. Je regarde encore. Une tique s'est agrippée à ma nuque quand je cueillais tout à l'heure les mûres dans l'arbre, elle grossit de jour en jour, je passe mon doigt sur son corps, je ne sais pas que c'est vivant, je crois que c'est un bouton, je m'étonne à peine, mais l'été est déjà fini, on range les chaises et les tables en formica, on referme la maison, la tique tombe, je saigne. Bambino poursuit Catia et la mord au cou, il monte sur son dos et tire la peau de toutes ses forces pour pouvoir entrer en elle, les yeux de Catia deviennent très bridés, elle ne peut plus bouger, c'est l'automne. J'entends les châ-taignes marmonner dans l'eau couleur de boue, je reconnais l'odeur d'anis et la voix de mon père dans la nuit, il fait rouler le poêle à butane vers la chambre des enfants, bientôt ce sera Noël. Un peu à l'écart, au milieu de la cuisine, il y a des poussins en liberté et des paniers de pistaches fraîches dans leurs coques, quelqu'un nous les a apportés de Sbeïtla ce matin, c'est le mois d'avril. Les carreaux de faïence verts et blancs ressemblent à des miroirs, c'est samedi matin. Comme tout est silencieux par ici. Ce sont des morceaux flottants de soi qui bougent dans la pensée. Des voix abandonnées. J'allume une bougie que j'avais oubliée depuis l'été dernier sur une étagère, c'est le mois d'avril 2004. Je regarde la flamme, et dans la cire, je n'arrive pas à y croire, il y a quelque chose qui apparaît, qui se met à bouger, à prendre vie. Ce sont les éphémères de l'été dernier. Les ailes se déplient très lentement, on croirait des danseuses, on croirait qu'elles ont trouvé la force de renaître. Leur mort a été si bête. Elles ont été attirées par la flamme, une nuit du mois d'août, sur la terrasse, elles ont glissé dans la bougie et nous, on riait, on n'a rien vu. Elles auraient pu vivre encore quelques minutes si elles avaient continué leur ballet sur le toit d'ardoises, mais guère plus. Leur corps au moins est resté intact dans la cire.

J'aimerais tant que les saisons circulent dans un seul jour, disait Karhla, tout est tellement organisé, sans surprises, tu ne trouves pas ? Et ce monde qui vient de naître, inexpliqué, toujours offert.

Il est tard et mon livre m'a conduite jusqu'ici, jusqu'au jour d'ici je veux dire, jusqu'à l'été caméra. Je reconnais cette conversation silencieuse qui s'est inventée dans le jardin, tout à l'heure, entre l'ange et Marie. C'est l'été, oui. Elle tient sur ses genoux son livre ouvert, ses cheveux sont ramassés sur la nuque, en bandeaux très lisses. Elle guette si délicatement le geste de l'ange et son irruption dans la journée. La lumière est presque dorée, la porte du salon donne sur toutes les villes. Marie voudrait penser que le monde n'aurait plus qu'une mesure, celle de ce moment, celle d'un vrai commencement.

Une chose encore. Dans la chambre d'une villa de Sidi-Bou-Saïd, avec Nejia, avant de quitter définitivement ma maison, à la fin du mois de juin 1967, j'ai tourné sept fois autour des herbes magiques. Elle gardait la villa qui n'était habitée que l'été. Le bruit des vagues sous la véranda, à peine à peine. Nejia faisait fondre du plomb dans le vase de terre cuite, elle mélangeait des mouches cantharides et des caméléons séchés, j'obéissais à sa voix, je tournais et répétais ses prières bizarres, elle voulait me raconter ce que j'allais trouver sur ma route, là-bas, derrière la mer, la chance, l'amour, la guerre, les voyages, les enfants, le froid, elle connaissait quelques mots de français et les jetait en vrac en fixant le plomb fondu, elle

160

inventait des apparitions, elle mimait la peur, et peu à peu toute la maison sentait le benjoin.

De temps en temps, elle riait bizarrement comme si elle discutait avec les images que dessinait le plomb fondu et elle me donnait d'autres ordres, en chuchotant. Je tournais tournais tournais pour lui faire plaisir, sept fois d'un côté, cinq fois de l'autre, elle ne pouvait pas comprendre que ce qui me plaisait surtout, c'était ce moment présent, immobile.

La grande pièce vide donnait sur la mer, l'odeur d'humidité restait incrustée dans les serviettes de bain et, quand elle riait, elle baissait la tête pour cacher ses dents : tu reviendras me voir, c'est promis, même quand tu seras loin, on fera encore la fête ensemble, tu reviendras, tu es bien sûre, tu n'oublieras pas ?

Liste des illustrations

Page 67   Petites bêtes volantes, le criquet, encre. ©
1998 Tsurutaro Kataoka, NBC Inc. D.R.

Page 72   Avenue de la Liberté, vue de l'intérieur de
l'immeuble. Tunis, 1975.

Page 80   Carreaux de faïence dans ma maison. Tunis,
1967.

Page 92   Cézanne, *Joueurs de cartes*. Musée d'Orsay, Paris.

Page 93   Figurines de terre cuite de Séjenane, rassem-
blées près du piano. Paris, novembre 1982.

Page 107   Au restaurant, chez Félix. Mon père me
sourit, je souris à mon frère, il sourit au photographe.
Le serveur nous regarde tous, l'enfant sur la droite
surprend l'œil du photographe. Tunis, 1954.

Page 115 Piero della Francesca, *Annonciation* (détail).
Basilica di S. Francesco, Arezzo.

Page 123   Publicité pour Korbous, guide de voyage
offert par M'hamed K.

Page 127   Petites bêtes volantes, la mouche, encre. ©
1998 Tsurutaro Kataoka, NBC Inc. D.R.

Page 128   Carpaccio, *Saint Augustin dans son cabinet de
travail*. Scuola di San Giorgio degli Schiavoni, Venise.

Page 132   *Corbeille de figues*. Villa de Poppée, Pompéi.

Page 146   Picasso, coupelle tauromachique, *Picador et
soleil*. © Succession Picasso, 2006. Musée d'Art Moderne
de Céret. Photo J. Gibernau.

Page 155   Paysage avec âne, oiseaux, poissons, peinture
sur verre. Collection particulière, Tunisie.

Page 158   Zibounette dans le salon, dehors il fait 35°.

Page 161   Le nouveau locataire à la fenêtre, 41 avenue
de la Liberté, deuxième étage, Tunis 1975. Il me dit
au revoir. Il n'a pas compris pourquoi je voulais tout
photographier. Il était surpris et amusé. Je n'ai pas pu
lui dire que je ne le savais pas moi non plus. Aujour-
d'hui, je le sais.

DU MÊME AUTEUR

Aux Éditions Gallimard

ROSA GALLICA, *roman*, 1989.

MIDI À BABYLONE, *roman*, 1994.

AMOR, *roman*, 1997.

LE PETIT CASINO, 1999.

AVENUE DE FRANCE, 2001 (Folio n° 4133).

AUJOURD'HUI, 2005 (Folio n° 4431).

Aux Éditions Denoël

ROMA, *roman*, 1982.

CALYPSO, *roman*, 1987.

GUERLAIN, *album illustré*, 1987.

Chez d'autres éditeurs

FRÈRES ET SŒURS, *essai*, Julliard, 1992

LE PETIT PALAIS, Mille et une nuits, 1995.

ADA, TU T'EN SOUVIENS, N'EST-CE PAS ?, Inventaire/Inventions, 2001.

MARIA MARIA, avec Paul Nizon, Maren Sell éditeurs, 2004.

COLLECTION FOLIO

Dernières parutions

. Isaac Babel   *Mes premiers honoraires.*
4165. Michel Braudeau   *Retour à Miranda.*
4166. Tracy Chevalier   *La Dame à la Licorne.*
4167. Marie Darrieussecq   *White.*
4168. Carlos Fuentes   *L'instinct d'Iñez.*
4169. Joanne Harris   *Voleurs de plage.*
4170. Régis Jauffret   *univers, univers.*
4171. Philippe Labro   *Un Américain peu tranquille.*
4172. Ludmila Oulitskaïa   *Les pauvres parents.*
4173. Daniel Pennac   *Le dictateur et le hamac.*
4174. Alice Steinbach   *Un matin je suis partie.*
4175. Jules Verne   *Vingt mille lieues sous les mers.*
4176. Jules Verne   *Aventures du capitaine Hatteras.*
4177. Emily Brontë   *Hurlevent.*
4178. Philippe Djian   *Frictions.*
4179. Éric Fottorino   *Rochelle.*
4180. Christian Giudicelli   *Fragments tunisiens.*
4181. Serge Joncour   *U.V.*
4182. Philippe Le Guillou   *Livres des guerriers d'or.*
4183. David McNeil   *Quelques pas dans les pas d'un ange.*
4184. Patrick Modiano   *Accident nocturne.*
4185. Amos Oz   *Seule la mer.*
4186. Jean-Noël Pancrazi   *Tout est passé si vite.*
4187. Danièle Sallenave   *La vie fantôme.*
4188. Danièle Sallenave   *D'amour.*
4189. Philippe Sollers   *Illuminations.*
4190. Henry James   *La Source sacrée.*
4191. Collectif   *«Mourir pour toi».*
4192. Hans Christian Andersen   *L'elfe de la rose et autres contes du jardin.*

4193. Épictète	*De la liberté* précédé de *De la profession de Cynique.*
4194. Ernest Hemingway	*Histoire naturelle des morts* et autres nouvelles.
4195. Panaït Istrati	*Mes départs.*
4196. H. P. Lovecraft	*La peur qui rôde* et autres nouvelles.
4197. Stendhal	*Féder ou Le Mari d'argent.*
4198. Junichirô Tanizaki	*Le meurtre d'O-Tsuya.*
4199. Léon Tolstoï	*Le réveillon du jeune tsar* et autres contes.
4200. Oscar Wilde	*La Ballade de la geôle de Reading.*
4201. Collectif	*Témoins de Sartre.*
4202. Balzac	*Le Chef-d'œuvre inconnu.*
4203. George Sand	*François le Champi.*
4204. Constant	*Adolphe. Le Cahier rouge. Cécile.*
4205. Flaubert	*Salammbô.*
4206. Rudyard Kipling	*Kim.*
4207. Flaubert	*L'Éducation sentimentale.*
4208. Olivier Barrot/ Bernard Rapp	*Lettres anglaises.*
4209. Pierre Charras	*Dix-neuf secondes.*
4210. Raphaël Confiant	*La panse du chacal.*
4211. Erri De Luca	*Le contraire de un.*
4212. Philippe Delerm	*La sieste assassinée.*
4213. Angela Huth	*Amour et désolation.*
4214. Alexandre Jardin	*Les Coloriés.*
4215. Pierre Magnan	*Apprenti.*
4216. Arto Paasilinna	*Petits suicides entre amis.*
4217. Alix de Saint-André	*Ma Nanie,*
4218. Patrick Lapeyre	*L'homme-soeur.*
4219. Gérard de Nerval	*Les Filles du feu.*
4220. Anonyme	*La Chanson de Roland.*
4221. Maryse Condé	*Histoire de la femme cannibale.*
4222. Didier Daeninckx	*Main courante* et *Autres lieux.*
4223. Caroline Lamarche	*Carnets d'une soumise de province.*
4224. Alice McDermott	*L'arbre à sucettes.*

Composition Imprimerie Floch.
Impression Maury à Malesherbes,
le 20 septembre 2006.
Dépôt légal : septembre 2006.
Numéro d'imprimeur : 123939

ISBN 2-07-033965-3 / Imprimé en France.

145077